猫大事 有大事

著◎程潇　绘◎王焱

中国青年出版社

猫事 MAO

厨事 CHU

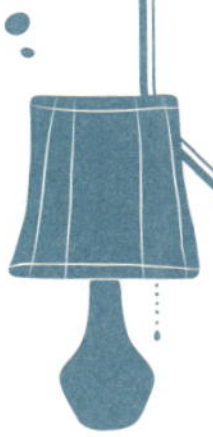

家事 JIA

糗事 QIU

猫大事 有大事

本书人与猫关系图

去往
喵星球~
豆豆
来福
YY
旦旦
美眉
鬼妹
非非
工作室住民
包包
居家的…
mia
张老师
豆豆
抱抱
和潇潇猫
在一起的喵们~
猫鱼
黄豆
呆呆
加加
白果
西米
年糕

猫事

| 猫事 |

谁选择了谁

据说猫是会选择主人的。关于这个问题，养猫的人能列举出无穷无尽的事例，起码我和家里每一只猫的相遇，都有一匹布那么长的故事。

我从二〇〇〇年至今一共养过十三只猫，加上与搭档王老师一起收养、分别在他家和我们工作室的七只，二十只猫基本全是流浪出身，即便有的没在街上流浪，也处于被遗弃的状态。它们遇见我时处境都不佳，甚至可以说悲惨：被人逮了捆绑着关在黑屋子里的，母猫带着幼崽面临大院拆迁无处藏身的，巴掌大小浑身是病奄奄一息的，哺乳期孩子被抓走得了乳腺炎的，在加油站的车轱辘底下乱跑乱窜的，宠物医院里险些被安乐的，伤了腿转为骨髓炎的，病猫妈妈叼着小猫放在门口托孤的，卡在汽车发动机里出不来的……

是猫选择了我，还是我选择了猫，这个问题，在我养猫初始根本不是个问题，答案非常确定，当然是我选择了猫，否则怎么可能进我家门？对此我家猫爸持相反看法，他认为是猫选择了我，每一回我都中了猫的奸计，尤其是苦肉计，它们一个个都是有计划有预谋地找上门来的。养猫的时间越久，遇见的猫越多，我越发认同猫爸的胡言乱语，最起码，如今我已否定了自己早期的肤浅认识,把这个问题与“究竟先有鸡还是先有蛋”一并列为无解的难题。

不管是谁选择了谁，其结果都是，因为相遇，它们的猫生和我的人生，都彻底改变了。我把猫孩儿们从衣衫褴褛的流浪猫变成脑满肠肥的家猫，也把自己从喜欢在外折腾闲逛的流浪猫变成出不了门的家猫。我成了这帮家伙们的贴身奴仆，除了干活挣钱，让主子们吃法国猫粮、日本罐头，用高级猫砂，洗进口浴液，看专家医生，还得费脑浆子跟它们斗智斗勇，原本的满不在乎也被一惊一乍替代，出门时怕有猫尾随溜走，回家后清点猫口，遇到猫体欠安，人体也有恙。

与猫相遇时的起伏跌宕，以及开始共同生活后的快乐与忧愁，都让我联想到人类之间的情感纠葛，于是我得出结论：遇见猫，就像遇见爱情。这个发现顺带解释了谁选择谁的问题，人类之间的爱情，不也时常说不好谁先动了情吗？那些表面上的追求，大多也只是表面现象而已。由此看来，如果一定要有个说法，或许可以这样解释：我的猫们在某个时刻遇见了我，我们相互做了选择，定了终身。

与猫相爱的日子里，我们每天以各种方式取悦对方，间或也不忘制造麻烦，争风吃醋。我们白天各自为战，夜晚相拥而睡，你给我梳毛，我给你洗脸。我们还因为生活平淡向往过逃离，猫想出门兜风，闻闻别家猫的味道，人想无牵无挂，拔脚就走。然而最终，我们会一直厮守下去，因为我们已经习惯了对方的气息和家里的食物。

有的时候，我们的选择貌似出于无奈，但往深里追究，实则是必然。十多年来的与猫相处，让我明白了一个道理：一只又一只猫以各种方式出现在我面前，让我别无他路，作茧自缚，归根结底是因为我的需要。这也是我养猫多年的最大收获：我们人生中那些看似巧合或者说不得已的结局，一切皆源于我们内心深处的某种召唤。

或许更准确的解释应该是：当人类的某些意识尚处于潜意识时，猫便意识到了，它们适时出现，达成了人类的意愿。猫的感知能力远在人类之上，这点无须争辩，养猫的人都知道。

关于谁选择了谁，还有一个好玩的说法，是一个爱猫的朋友告诉我的，他说：你知道吗，咱们都是易感人群，从第一次接触猫就感染了一种病毒，这种病毒让我们无法免除猫的诱惑，看见它们就像中了邪，眼睛定住了腿也定住了，于是心软腿也软，其结果就是两个字：完蛋！

养个什么好

因为住在一个小区里，我爹我娘有时会把他们的朋友带到我家小坐。他们对客人介绍我的第一句话常常是：不养孩子，养了一堆流浪猫！同样的这句话，我娘是不解和埋怨，我爹是嘲讽中含着赞赏。

我哥倒是养了孩子，他在儿子八岁那年，去流浪小动物中心领养了一条没啥血统的小串狗。这下，我家土猫土狗齐全了。

我家人除了我娘都喜欢小动物。在从小居住的大院家里，养过猫、鸽子、荷兰猪、田鼠、乌龟、蛇、蝈蝈、蛐蛐，甚至蚂蚁。两三平方米大的阳台，曾经是我们的小小动物乐园。

说是家里养，其实除了猫，剩下的那些都是我哥一个人的宠物。在对小动物的喜爱方面，我哥属于滥情的那种，什么都往家招呼，什么都能玩上瘾。我爹我娘对孩子诸如此类即便非常不靠谱的举动，也一概放任不管。我娘命苦，自己本不那么喜欢小动物，可因为爱着我们的爱，被迫采取不主动、不拒绝，但不少负责的态度，在我们不懂得对从猫到田鼠尽心负责的时候，都是她在百忙和唠叨中喂饭打扫，而家中大小动物也因为吃她的饭听不懂她的埋怨，而对她充满感情。

我哥不到三十岁时出国，从欧洲到美国，从硕士、博士到博士后，十多年里一直在海外漂，除了拿小白鼠做实验，再没机会养过任何小动物。直到有了孩子，回国定居，这才卷土重来，先是小仓鼠和小鸟，后来是狗。他不好纯种狗，就喜欢混得看不出血统的小土狗，说这样的小东西聪明，招人疼。

有次我哥带着他那只叫乖乖的狗来我爹家过周末，临时有事外出，把乖乖留给我爹我娘，结果发现乖乖更适合这里有大院和小院的生活，于是顺理成章地成了俩老人的心肝宝贝。我哥一到周末就过来，抱着狗歪几在沙发上，儿子晾在一边。

相对于我哥的滥情，我是百分之百的专情，从小到大就死心塌地地喜欢猫。自从二十年前我养了八年的猫遭遇不测之后，我发誓再不招惹这些给我带来太多欢笑与泪水的家伙，直到某天遇到处境悲惨的咪咪，压抑多年的痴情蓬勃爆发，几年下来，家里的猫从一只变成了最多时的九只。

在美国的姐姐一向比我冷静。外甥 Randy 在童年时就开始做养狗的准备，博览狗书，知识面甚宽，从十岁开始每年回国都跟我们宣告：妈妈答应我明年养狗。如今他医学院毕业成为一名住院医，每周工作八十个小时，所有的休息日都用来补觉，终于不再提养狗的事。

姐姐和姐夫每次回国探亲，都主动承担每天两次带乖乖散步的任务，彼此之间迅速建立了相互信任和相亲相爱的感情。姐夫几次散步归来搂着乖乖跟姐姐商量：回去养一只吧，理性的姐姐明显处于动摇状态，但在探讨“大早晨谁来遛狗，出门还要寄养，万一碰到一个性情不好的家伙怎么办”等具体问题后，感情的闸门始终没有全部打开。

相对于热情甜腻的狗，我家众猫永远处于冷漠和警戒状态。从姐姐拖着行李进家门，我就关闭了客房的大门。历史的经验告诉我，若不如此，第二天一定至少会有一只猫到客房的床上撒尿，对占领它们温床的来客表示抗议。

狗的好，是那种一眼看得到两句话概括得出的，而不养猫的人，很难体会猫和人的那种交流乐趣。猫的千娇百媚，只在和主人独处时才绽放。狗像老婆，摆在面上，夸起来有理有据，不用躲闪；而猫，像一个秘密的小情人，即便你是千般喜欢万般欣赏，想夸都不知从哪里下口。这些家伙在外人面前端庄娇吟，不卑不亢，不远不近，它们的信任和放纵，总是适度而有所保留。在我眼里，养猫和养狗，真的是两种不同的情感需求和生活态度。

所以，每当我哥跟我说“养个狗吧，狗多好玩”时，我都语塞。那种感觉颇似只能偷摸独享小情人的好，没法拿出来分享。当然，猫友们相互之间交流起来，是另外一回事了。

姐姐不忍驳姐夫的面子，说：要不我们养只猫吧，不用遛，可以少操点儿心。姐夫不忍驳我的面子，不置可否。

姐姐和姐夫动身回美国的那天，正在生病的咪咪趁乱溜出了大门，我在机场六神无主地与他们道别，忙不迭地回家组织捉拿逃犯。

姐姐从美国打来平安到达的电话，没忘记询问出逃的咪咪是否已经归家，我听得出来他们退而求其次的养猫念头也被动摇了。这猫，也不是省油的灯啊！

猫狗之爱

我哥自打从流浪动物收容所领回乖乖之后，不止一次地劝我也加入养狗的队伍，我说不行，家里一堆横行霸道刁蛮成性的猫主子，不会容忍一只狗进家门的，我可不想看到猫狗大战的场面。他说不会的，弄只小狗，它们处着处着就处出感情来了。我压根不信，说来只猫还打得硝烟弥漫呢。他又说，你养了狗就知道，狗比猫好玩，这下可让我动了怒，干脆拒绝就此话题继续交谈。

我哥这么说是有动机的，他上班的大院有一只小不点流浪狗，乖巧伶俐，让他心生怜悯，想收编回家，可自家条件受限，就想到说服我。最终，我娘为了成全儿子的爱心，让这只四个月大的小白狗进了她和我爹的家门，与乖乖姐姐做伴，取名丁丁。

除了担忧猫狗不能和谐相处，我没答应我哥请求的另一个原因是，我是个坚定的爱猫者，对猫的爱，已经深入骨髓无可救药，而对狗，尚且停留在喜欢的层次。我带乖乖去医院做绝育手术，每周给脏乎乎臭烘烘的丁丁洗澡，带它们俩散步，买各种吃喝用品，但就是难以让它们在我心里与猫平分秋色。

说起爱猫者与爱狗者的区别，最常见的说法是，爱猫者是奉献爱，因为他们多半用自己的热脸去贴猫的冷屁股；爱狗者是索取爱，因为狗永远是热情表达主动示爱的那一方。这或许有一定的道理，但在我看来，爱猫与爱狗显示了两种不同的生活态度和对情感的需求，简单说来，就是爱的方式有差异，狗的特别的爱给特别的你，和猫的爱你在心口难开，决定了前者崇尚死了都要爱，后者信奉距离产生美。

我很喜欢曾经玩过的一个心理测试游戏，它或许能从另一个角度支持我的这个说法。

这个测试是让参与者说出你最喜欢的两种动物，最重要的，是要讲述你喜欢这个动物的理由。比如我第一喜欢的动物是猫，因为猫独立，骄傲，自尊，行动敏捷，距离感和分寸感拿捏适度，会享受，还有点儿俏皮和小坏。我第二喜欢的动物是狗，因为狗热情开朗，勇于担当，值得信赖。好了，来看测试答案：你第一喜欢的动物及其理由，是你对自我的认识和看法，第二喜欢的动物，是你希望自己在别人眼中的形象。换句话说，你第一喜欢的是自己，第二喜欢的是别人眼中的自己。

我被这个测试的准确和有趣吸引住了，有一段时间见人就测，而被测的也十有八九心服口服。它的好玩之处是，即便是喜欢同一种动物，喜欢的理由也可能大相径庭。比如性格迥异的两个人第一热爱都是猪，一个人的理由是猪傻乎乎，吃饱了就睡，头脑简单，幸福感强；另一个则说，猪很聪明，大智若愚，我行我素，有境界。

最出乎我意料的测试者是王老师，他最爱的动物居然是蟑螂，理由是，蟑螂有无与伦比的生存能力，能够在任何地方生长繁衍，自得其乐，看似弱小，却永远无法被消灭。记得当时我强忍住心里的恶心问他，你这个挑剔娇气的处女座，跟蟑螂有何相似之处？他回答说，这你就不明白了吧，咱脑子里有无穷无尽的创意，还有超强的动手能力，跟小强一样，搁哪儿都能活。

有一天看到一位当红女作家写的一篇剖析自我内心的文字，她写道：动物里，我很喜欢兔子，静若处子动若脱兔的兔，狡兔三窟的兔，兔子尾巴长不了的兔，兔子的样子就是我的样子，无辜、纯洁，却瞪着一双被欲望充得布满血丝的焦躁不安的眼。

联想到猫狗之爱，我更加确信我为动物测试游戏做的归纳总结：喜欢什么动物本身并不重要，动物不过是一个载体，人最喜欢的，永远是他自己，或者说是那个想成为的自己。而人与动物耳鬓厮磨相依相守斗智斗勇的过程，就是跟自己玩耍、争斗，让自己成长的过程。

作案、破案与悬案

我夜晚最喜欢的事情，是躺在阁楼上看推理小说。白天最不喜欢的事情，是推理断案。那意味着，家里这帮不省心的“倒霉孩子”又给我肇事添堵了。但是话说回来，如果抛开添堵这个环节，我觉得猫的肇事也是有趣的，因为我十分喜欢做破案之事。

我是个推理小说迷。我猜想，热衷推理小说的人，绝大多数都跟我一样自认为头脑清楚、思维敏捷并有优秀直觉吧。我最喜欢日本推理小说家写的密室谋杀案，一群人出于某种原因被集合在一处，没人进来，没人出去，不断有人被杀，凶手就在其中，猜忌、怀疑、惊恐，而必有另一个足智多谋的高人担负起破案重任。随着案情的推进，环环相扣，细致缜密，所有的人物关系、行为、语言、不经意间暴露的细小破绽，都可能成为破案的关键因素。

我家就如同一个封闭的密室，时不时地有案发生，破案高人非我莫属，因为猫爸第一没时间，第二没兴趣，最主要的是他认为没有意义，抓出凶手又能如何处置？打不得骂不得扔不得，到头来还是好吃好喝好生伺候着。

养猫数年，我家小案不断，大案常有，破案居多，悬案居少，可见我推理小说没有白看。

猫爸出门的日子，夜半三更，偌大的家只有我一人和一堆猫，时常有这种情形，我正屏气于连环杀人案中，楼下的台灯突然灭了，接着是咚咚咚咚的脚步声……我的惊悚一般持续不到一秒，就知道一定是某只猫带动了台灯的插销，脚步声则源自两只在楼梯上追逐的猫。多数情况下，我能通过叫声、遗落的毛发、呕吐物、抓痕、指甲壳等一系列蛛丝马迹，作案的习惯手法，以及出现在事发现场某个猫的神情和行为，推断出嫌疑之猫。

最常见的小案，是撒在客房床上的尿、遗在地板上的屎、摔碎个小物件；稍大的案件是突然不见了某猫，最终发现不是被关在了某个衣橱里，就是伺机溜出了家门。

我曾经破过几宗让我得意的案。多年前我还住在高层公寓的一天晚上，咪咪和面条离奇失踪，我用一顿饭加两袋烟的工夫，判断它俩悄悄溜出家门又误入隔壁邻居家。邻家是个小公司，白天进出人多，晚上下班锁门，我在锁了门的邻居门口，一声咪咪一声面条地叫，没有动静，我又把话痨豆豆抱过来让它用猫语喊话，半晌沉寂之后，终于引来屋内惊慌失措的回应。

另一个非同寻常的案件是，有一天我突然发现年糕的喉咙处有个一寸长的伤口，血脓一片，就诊归来，我从桌子和地上散落的书，分析出它的伤并非打架斗殴所致，而是在追逐奔跑中踩到书，失足跌到桌下，撞在柜子边上的猫头鹰木雕上，而猫头鹰翅膀上恰好有一处破裂，尖锐的木头正好戳中它的脖子。此案可谓惨案，年糕用它的血警示于我，避免了更大的惨剧发生。

我家至今未能侦破的悬案估计就是永久的谜案了。无从追究的屎尿屁的出处不胜枚举，历史上最让我肝肠寸断的，是一件价格不菲的艺术家孤品瓷器在夜间化作碎片，事隔多年，我还清楚地记得听到响动从二楼飞奔而下时，众猫望着我惊愕而又无辜的眼神，仿佛是我让它们受了惊吓。

养猫的时间长了，作案和破案逐渐成为我和众猫之间的一个游戏。我破案后沾沾自喜，它们被呵斥后撂爪就忘。猫跟人一样，有好奇心、好胜心、自尊心和嫉妒心，它们犯案也有故意或者过失之别，有时候我甚至喜欢看它们明知故犯后灰头土脸东躲西藏的小样。

记得探索频道纪录片《猫咪的日记》在记录了猫咪夜晚聚会的神秘场景和各种稀奇古怪的举动之后说道：猫是个充满矛盾的动物，每个猫到了夜晚，可能都有它的家人没有见过的一面（前提是允许它们自由出入），尽管它们不缺食物和宠爱，但它的体内流着猎人的血，仍然保有野性。

我宽慰自己说，何必一定要知道真相呢，让神秘的猫保有它们的神秘和野性吧。更何况，再狡猾的人类也斗不过好猫，每每我咬着手指冥思苦想寻疑查证的时候，真凶很可能正乖巧地卧在我腿上打呼噜呢。

| 猫事 |

爱是一种病

自从二〇〇九年开了微博以后，我最喜欢做的一件事情就是用手机抓拍各种猫咪生活照。我仗着自己能晚睡晚起，拿出狗仔队的精神头，随时跟踪拍摄家中诸位大仙吃饭、睡觉、打架、无聊、犯贱，甚至如厕的细枝末节，传到微博上与猫友粉丝们调笑。

我就这样把我家草根出身姿色平平的面条、芒果、年糕之流捧得小红小紫，粉丝中有好几位，火眼金睛到只要看见一只白猫的背影，就能准确判断“此乃加加，而非年糕也”，令我非常感动。

非非是出镜最少的一个，因为这个小白眼狼一向鬼祟警觉，我刚一动心思，还没拿手机，它便脚底抹油，消失得比蟑螂还快。所以，当某天我抓拍了加加跟非非的合影之后，甚是得意。

突然间就想起这兄妹俩的苦难童年以及我的悲惨遭遇。当下，翻出二〇〇五年它们刚来我家时百病缠身、严重的皮肤病导致毛发完全脱落的丑照，拼了三组“before & after”，发到微博上。不承想，短短的几个小时，转发和评论达到几百条，惊叹、感慨、赞美声此起彼伏，恍惚间我想起了老早前看过的一部苦情电视剧《九香》，我跟宋春丽演的五个孩子的寡母有一拼了。

在此有必要做个简略的陈述。加加和非非是流浪母猫生在杂草丛里的小猫，来我家时不到一个月，一个四两一个六两，一眼看上去像垃圾箱里两块破烂肮脏的小抹布。俩猫眼睛有疾，耳朵里全是耳螨，肚子里有虫，最要命的是患有严重的皮肤病。记得在宠物医院，我从笼子里掏出两个小死耗子一样的猫时，身旁一阵惊叫，本来围拢着的宠物家长们全都抱着猫狗掩面而逃了。医生看看俩“耗子”，又看看我，半晌，叹了口气说：死猫当活猫医吧。

随后我就开始了每个星期去医院，每天擦药打针，每夜上闹钟起来三次滴眼药，无数次清洗粪便的日子……两个月后，我终于在胳膊、后背以至脸上被感染了十几个大疮、俩猫同时拉稀不止的折磨中崩溃了。某个下午，我跟猫爸说：我扛不下去了，拼了这么久它们毫无起色，听医生的话把它们安乐吧！猫爸说，如果你真的想好了，坏人我来当吧。奇迹就在这个时刻发生了。猫爸准备猫包的时候，突然电闪雷鸣下起了倾盆大雨，俩病恹恹的倒霉孩子随着雷雨声开始异常欢快地在大笼子里跑动，并不时驻足向我们深情凝望。谋杀计划被迫搁置，猫爸率先被它们无辜的小眼神打败，说：再留它们一礼拜，如果情形依旧再说。一周之后，兄妹俩神奇地好转，并且开始长毛。

微博上的几百条赞扬，归结起来就是一句话：爱能创造奇迹。这个我不否认。但是我自己回过头来反思，支撑我在一百多个日夜像伺候瘫痪病人一样照顾两个小野猫的，除了爱心，还有别的，那就是一种近乎病态的执着。

鉴于我苍白的理论知识，我无法条分缕析地陈述自己究竟得了什么病，在我貌似高尚的举动后面，有怎样纠结的心理。但可以肯定地说，那段时间，在我的家人和朋友甚至给猫看病的兽医和给我诊治皮肤病的人医眼里，我绝对处于非正常非理性状态，就连我自己，也常自问：我这么做值得吗？

我曾经看到过一句话，是从英文翻译过来的：爱是一种病，我赶上了；你是我的药，我上瘾了。

我对加加和非非这俩小病猫的爱，无疑是一种病，而且真是让我赶上了。我跟它们的病较劲，不如说我在跟自己较劲：我不信你们长不成个猫样，我不信我坚持不下去，我不信发达的医学救不了你们……我还上瘾了，我享受自己为爱付出的苦楚，欣赏自己在焦虑中的坚守，表现自己与众不同的另类……

或许如我身边的江湖心理医生所说，我是在品味一种虐恋的快感？

或许加加和非非就是我的药，是我内心隐秘创伤的治愈系，我在付出常人所不能及的精力治愈它们的同时，也让自己获得救治？

或许终其一生也没人能想明白，爱究竟是一种病，还是治病的药。

猫痴的假期

好几年前，我的猫友死党英子借给我一套小人书，是日本漫画家小林诚的八本手绘本《我为猫狂》（另一译《俏皮猫》），我吃饭睡觉上厕所都捧着看。那些日子，我家的各个角落时常回荡着我的傻笑声。这是作者与读者，或者说是养猫者之间会意的笑。

其中有一个故事，讲因为养猫而出不了门的夫妻俩翻来覆去考虑很久终于决定去度假了，走之前神神道道地安排了一切猫孩儿们的琐事，忙乱之后带着行李和两颗沉甸甸的心上了火车。一路上两人心绪不宁，浮想联翩，而且净是什么猫打开了水龙头把浴缸灌满了水又失足跌落进去以致被淹之类的蹊跷事件。两口子被自己的想象力折磨得几近崩溃，火车一到目的地二话不说掉头就坐上回家的车。惊慌失措汗流浃背的夫妻俩推门进屋，发现家中一派安详，一切跟他们出门时一样，所有的猫咪都在懒洋洋地睡觉，连看他们一眼的欲望都没有。

这样夸张的故事，在我家里却时常上演，所幸犯神经病的仅限于我一人。比如我买回一个箱子，在设置密码时就想，会不会发生这样的情况：有只猫在我不注意时躲到了箱子里，我给锁上了，结果想不起密码，而猫在缺氧的箱子里挣扎……

出门旅行对我而言永远是件艰难的事情，因为我的想象力每到这个时候会跟小林诚笔下的那两口子一样的发达。

有一年我跟猫爸制订了去泰国度假的计划，之后没多久，我家十一岁的老大咪咪突然急剧消瘦，精神萎靡，两天之内发展到连最爱的猫罐头都不吃一口了，我心急火燎地带它去医院，一路上小可怜又拉又吐，我眼泪涟涟。到医院抽血化验，肾功能异常，血糖偏高，大夫说，猫最怕肾病，好在指标高出不多，先吃肾药，配以糖尿病处方猫粮，两周后再来化验。

我把咪咪隔离到单间，每天伺候吃药吃小灶，两周后明显有好转，再去医院抽血化验，肾脏指标正常了，但肝脏又有异常，大夫给开了肝药接茬吃。

我陷入了焦虑之中。泰国之行在几个月前便已安排就绪，同行者除了我和猫爸，还有两位好友，所有的机票和酒店房间都已订好，况且咪咪每天都在好转，我若作梗，必有更年期老妇女无事生非的嫌疑。

从出门前十天开始，我每天都跟我家小时工小白讲一遍注意事项：记得给咪咪吃独食，早晚两次，不要让别的猫欺负它，要看它把药吃到嘴里，它爱喝牛奶，牛奶从冰箱里拿出来一定要放微波炉里热一下，它容易口渴，要保证时刻有水……小白说：这咪咪哪辈子修来的福气啊，比人还要幸福哦。

在普吉岛，我躺在阳光泳池边上，安逸的表情下是满心的担忧。第二天忍耐不住给小白发短信：咪咪和家里的猫都好吗？她一个小时后回信说：都好。我忍不住犯起了嘀咕：以前我若是这样问，她会回信说：都好着呢，放心吧。这次怎么显得那么敷衍呢？第三天，我给家里打电话，打了四次都没人接听，不禁疑虑加重，会不会咪咪病重小白带它去医院了？第四天再打，小白接了电话，简短地说：都好，没事。

放下电话，我越发觉得自己的担心是有道理的。小白是个喜欢讲话、性情活泼的大嗓门，怎么声音一点儿也不响亮还透着不确定呢？一定有事发生。昨天必定是咪咪病情恶化了，可能我打电话的时候她不知怎样面对我所以不敢接，可能咪咪已经死了，她跟我父母商量好不告诉我，他们说不定这会儿已经把它葬在我家后花园了……夕阳西下时我决定停止联想给我娘打个电话，她是个藏不住事也不善编瞎话的人，从她那里一定能探出风声。

我娘在电话里一如既往地高声大嗓：我和你爸、乖乖都好，你家猫也好，你哥他们一家在我们这里玩了三天，今天回去了。你不在我也做不出什么花样，你嫂子请我们去餐馆吃了，菜挺不错，你要注意安全啊，晚上别出去乱跑……我挂了电话，再次回味并确定我娘的话语中没有做作的痕迹之后，一身轻松地潜入湛蓝的泳池之中。

第七天，接到小白短信：家里一切都好，咪咪饭量比以前大了，精神也明显好转，你放心玩吧。那天晚上，我多吃了一碗泰国香米饭。

我回家时遭到的礼遇，与小林诚笔下的猫妈相差无几：肥豆豆第一个扭着大屁股兴奋地冲过来，我以为它是扑向我，实则它是想趁机溜出大门；年糕在沙发后面探出半个身子冷静地观望，脸上看不出半丝惊喜，加加和非非两个胆小鬼不见踪影，必定是听见响动在二楼的隐秘处躲了起来，面条肯定要等到晚上才展示它对我的思念，芒果跟它的傻闺女鬼妹看我的眼神依然像看任何一个陌生人一样……

搜寻良久，才在二楼露台找到亮着肚皮四脚朝天酣睡的咪咪。这个软硬不吃的家伙在忍受了我一通亲热拥吻之后，用两只后脚推开我的脸，面无表情地继续翻身睡去。

潜
水

别跟猫斗心眼

我在网上看到过一张好玩的贴图，画的是狗猫迎接主人回家时的不同表现。画面上方的狗笑没了眼睛，吐着红舌头，十足的贱萌样，配文是：上帝啊你终于回来了，人家想死你了耶！下方是一只斜靠在沙发上的猫，懒散傲慢地抻着胳膊架着腿，一脸的不耐烦，有人配了这样的画外音：怎么才死回来呀？赶紧弄饭去，老子饿了！

这就是猫与狗的不同，而且这个不同直接导致了它们各自的主子相互不认同。比如我爹自打有了乖乖之后，对我家的众猫越发不屑一顾，常挂在嘴边的一句话就是：无论叫哪个都不搭理，养这么多小白眼狼有什么意思！而我，早就习惯了用自己的热脸贴猫的冷屁股，始终不能适应乖乖的热情似火。

我一直认为养猫和养狗是两种截然不同的生活态度，我猜这也是养狗的人自称“主人”、养猫的人自诩“仆人”的原因吧。我特想让王老师画张漫画，把贱萌的狗和有面儿有范儿的主子，以及有面儿有范儿的猫和贱萌的主子搁在一个画面里。不知狗主人对此是何想法，但我相信大多数猫仆人能会意我的说法，这不有人就在上面那幅图片之后又跟了猫仆人的回话吗：小的给您挣猫粮回来了，这就给您拌罐头去！

每个养猫的人都会说出一堆猫孩儿们超现实的、灵异的、神乎其神的故事，那是以人的智商、常识、科学知识以及生活经验皆无法解释的。于是养猫时间久了的人不免都会有点儿神道。鬼灵精怪的猫们既跟你玩心有灵犀，又与你隔着肚皮，时而亲近，投怀送抱；时而疏远，冷若冰霜，但始终会占据主动。猫的魅力不在于多么懂人事，而恰恰在于那种无法捉摸、不可确定的神秘气质。它们有时天真无邪，像襁褓中的婴儿，有时则洞察一切，如同活了一百年的智者。这一切都让猫仆们意乱情迷，在主人与仆人、母亲与情人的角色之间乱了方寸，并且越陷越深。

抛开年少时来来往往走进走出我生活的无数只猫，只说这十多年里我与猫的亲密接触，就有一连串的匪夷所思。

十三年前进入我生活的第一只猫是咪咪。遇到它的那天，我和猫爸、王老师去我娘家吃饭，我们以往停车的位置被别人占了，于是七弯八拐之后停在了一个很憋屈的角落，下车关门时听到猫叫，随后看到了数米之外的咪咪。我跟它打招呼，它探着身远远地望着我，有应有答。往家走的路上，我说：我是被猫伤过心的，除非有猫撞到我怀里，否则绝不再养。几个小时之后，我们再次回到车上，正欲离开时又听到猫叫，且一声比一声凄厉。我们神差鬼使地下了车，循声而去，找到一个破旧的工具房里被拦腰捆在凳子腿上的咪咪。我跑回我娘家取了一把钳子，猫爸匍匐着钻进工具房的小门，剪断缠在咪咪身上的电线，它冲了出来，扑到我怀里，我抱起它试探地打开车门，它一跃而进，从此成为我家的一员。

七年前，同样是冬天，我和猫爸把流浪的瘸腿母猫菠萝装进猫笼子带去医院，我们的想法非常简单，带它医治腿上化脓的伤口，顺带做个绝育，养好之后放归小区。那时我家已经有了八个横行霸道的家伙，我无半点儿再添猫口的想法。猫爸至今都认定我们中了菠萝的苦肉计，他说菠萝在我家后院埋锅造饭抛了半年媚眼始终未遂之后，一计不成又施一计，豁出去弄伤了自个儿。菠萝的腿伤出乎我们意料地足足治了一年半，我不服大夫必须截肢的判决，带它遍访京城名医，等到它油光水滑地痊愈，我已经舍不下它了。而其间的诡秘在于，我为它焦虑得斑秃鬼剃头，它却每天缠着渗血的绷带蹦上跳下，日夜狂欢，似乎被大夫确诊为骨髓炎的是我。

王老师每每听我说起猫们的诡异，都以他的科学精神做出解释：机缘巧合。这个结论包括对他自己的猫。

王老师最初的两只猫来福和丫丫是救猫者临时寄养在他家的，因为无人领养外加日久生情砸在手里。送来福和丫丫来的人说，本来寄养的只有来福一只猫，结果提着笼子走在路上，发现身后还颠颠地跟着一只，不足三个月的丫丫在送猫人的小区流浪，原因不明地被长得臊眉搭眼的来福吸引，不离不弃地跟着，于是被一并送到了王老师家。几年前，来福从王老师家二楼的阳台上溜出去，三级跳之后，遁入花园深处无影无踪。失去来福的丫丫从小清新径直转变为小怨妇，始终郁郁寡欢，几年后，它扒开了窗子，顺着来福出逃的路线同样遁入花园深处无影无踪。所有听到这个消息的朋友都说，丫丫是去找来福了，王老师坚持说，巧合而已，俩贪玩的孩子出门后都找不到回家的路了。

即便如此，王老师颇为赞同我的另一个说法：别跟猫斗心眼。

这个结论源自一只偶尔来我家院子里吃饭的流浪黄猫。这个超级胆小怕人的家伙，在某个清晨，突然堵在我的门口，目光笃定毫不躲闪，它的身边躺着一个与它极为相像的小黄猫，小猫两个眼睛完全被白色的脓糊住了。我请教了宠物医生之后，开始给小猫每天三次涂眼药膏，到了第三天，小猫的眼睛变得清亮，随即不见了踪影。一个月后，小猫独自出现在我家的院子里，每天用脑袋蹭我的腿并且亮了肚皮打滚，它的妈妈却再也没有出现过。

这个小猫就是后来成为我家一员的黄豆，猫友们更喜欢叫它黄二豆或者二豆子。两年前深秋的一天，我提了猫笼到院子里抓二豆子的妈妈，它患了严重的口炎，唯有去医院接受拔牙治疗才能救它一命，抓捕遭到二豆妈的殊死反抗，我转而将乖乖就范的黄豆放入笼中带去了医院，它从小到大一直打喷嚏，这是病毒性支气管炎的症状。

黄豆和它妈妈在同一时刻为自己选择了不同的猫生。二豆子选择进入家门，从此过上了温饱不愁的日子，它妈妈选择继续流浪，一个月后的雨夜，静静长眠于我家院子里的槐树之下。

无数个夜晚，我在前屋后院都会遇到吃饱了饭不走的猫。它们跟你若即若离，明亮的双眸在黑暗中闪烁，与天上的星星相映生辉。只有熟悉猫性的人，才能感受到它们的纯情和自尊。

我用十年的时间明白了一个道理：我这个猫的主人，忙来忙去，斗智斗勇，其实最终都是在执行猫的指示，它们负责制定一切重要的决策，来还是去，亲或者疏，甚至活着还是离别。而我们最应该做的，就是倾听并且尊重它们的意愿。

有爱就不会有分离

我的爱猫咪咪，二〇〇一年六月十九日化作天使，离我而去。

这天是父亲节。猫爸从国外出差归来，进门后放下包就去看望在床底下虚弱躺着的咪咪。他故作轻松地说：咪咪啊，你又不听话吃多了吧！然后跟我说：等它这回缓过来，还是要严格控制饮食。我点头称是，但心里明白，这一次，咪咪缓不过来了。

一个小时后，咪咪眼神虚幻，站立困难，我抱着它，心里和它的身体一样冷，眼泪狂流不止。

猫爸和王老师带着咪咪去了医院。我们怕它临终时刻太过痛苦，想帮助它解脱。我最后一次亲吻咪咪，把它放进笼子，跟它说，别害怕，宝贝，来生还做我的猫。咪咪轻轻回应，声音像小猫一样稚嫩。

半个小时后，猫爸发来短信：咪咪走了，很快，很平静。

我问物业借了一把铁锹，来到花园，在巨大的丁香树荫下，给咪咪挖了一个窝，一个它永久的家。炎炎烈日下，我的涕泪与汗水沾湿了衣服，融进每一锹土里。

猫爸带回了咪咪，我们三个人把它平放进去，我在它的身下铺垫了厚厚的青草，这是它喜欢的味道，然后撒上玫瑰花瓣。从此，咪咪将终日与树木花草相伴，也与我们日夜相守。

猫爸说，到医院后，大夫为咪咪做了检查，说脉搏极弱。猫爸在同意安乐的单子上签字的工夫，咪咪停止了呼吸。

我为咪咪献上两朵菊花和一朵玫瑰，王老师说，我们三个人把它迎来，又一起把它送走，这小子有福气啊！

自从那个寒冷的夜里，猫爸匍匐着从一个小洞口钻进民工的工具房，剪断咪咪身上捆绑的电线把它抱上汽车，这个长毛鸳鸯眼的大白猫，整整陪伴了我们十年。咪咪一定牢记着这一切，否则它不会强撑着捱了四天四夜，等到猫爸回家方才远走。

人在等待一个势必会到来的坏结果时，是最痛苦的。自从咪咪查出患肾病、体重急剧下降开始，我就意识到与它告别的日子不远了。这期间，它几经反复，时好时坏，每当我开始陷入离别的伤痛时，它又缓过神来，在黄昏时跳上灶台闹饭吃。我的心情随着咪咪的身体状态起伏不定，它欢快时我满心欢喜，它萎靡时我满怀忧郁。

好吧，骄傲而自尊的咪咪，你的离去让我们都解脱了。你不再为病痛困扰，不必为身体孱弱而自惭形秽，我也不用再神经质地等待你的下一次犯病，不用在睡梦中惊醒，不用藏匿猫粮怕你偷吃，不用每天盘算着怎么骗你吃下难吃的处方粮，不用呵斥欺负你的晚辈，不用再因为担心你而不敢出门……

可是，我依然不愿你离开，甚至情愿拿出自己的时间换取与你的相伴。

我微博的猫友 Tommy 猫曾经跟我说：有爱就不会有分离。

我要永远记住这句话。

咪咪，你是我生命中挚爱的一部分。在我们相处的十年里，你让我感受了那么多爱的快乐和温暖、学到了那么多的猫生常识、人与猫相处的规则。虽然我的行动因为你而受羁绊，但我获得的，是内心的自由。

我要感谢身边的朋友和微博上的猫友。他们在我脆弱的时刻，给予我最贴心的安慰。

我想在此分享他们的只言片语。

闺蜜美丽：从现在起我们一起来学会面对死亡。我们坚强达观是对逝者最好的告慰，包括咪咪。

同学富平：咪咪只是睡着了，在另一个空间甜美入梦。眠于伊花下，不醒亦风流。在天堂里，你的爱与呵护是它永远幸福的记忆。

同学晓丽：人生总要经历这些，生前善待，身后想它们是去了天堂，它无怨，你无憾。

朋友刘老师：过来，过去，还来，还去；你在，它在，都在，自在。

微博朋友青猫：它活，活在爱里；去，在爱中去。上天让我们存活不是要我们长生不老，更是让我们享受爱，展示爱，体味爱，为爱流泪，因爱微笑！

微博朋友眼镜猫：前世今生这辈子下辈子，都是因果相连的！咪咪休息一下，退去它今生最后一段路的疲惫，再活灵活现地在它的来世去到你身边。咪咪，我们等着你！

微博朋友胖子的胖爹：我有二狗三猫。每每想到他们要相继离开我的时候我都难过不已！它们就是颗悲伤的种子，无论现在怎样，都有离开我们的那天！但我们永远也不会因为这样而离开它们！我也和你一样，想和它们说，我们在！永远，永远！

微博朋友Tommy猫：我还记得去年五月我家一只猫宝宝飞去天堂的情形，那时候我刚上微博不久，觉得自己很无助，是在你的关心下，我才从失去宝贝的悲伤中走出来。能跟你遇到真好，我们不需要太多的话语，就能读懂对方的心。亲，陪着你一起流泪，陪着你一起祈祷。晚上你看天上的星星，其中一颗不停眨眼的，那就是咪咪，它说：我在这里，看着你们，耐心地等着，等着缘分的再次降临。上帝让我们体验分离，是为了告诉我们，其实分别是暂时的，爱和相聚才是永恒的。

咪咪，请你也相信，我们还会相遇。

猫事

春天里的生活态度

我以前总纳闷怎么会有人不喜欢春天。我还很纳闷为什么一直对初中时代某个春天的瞬间记忆深刻，历久弥新。

那一日天气乍暖，没有任何事情发生，我和伙伴沿着我们大院墙外的小路往学校走，眼里看到的鼻子闻着的，都是万物苏醒的样子和味道，心情也随身体一道变得很温暖很感动。我对身边的女同学说：天气预报说今天二十二度，如果永远都是这个温度就好了。几十年过去了，几乎每一年春天到来时，我都会想到那个普通日子里的情景，并且对二十二度的气温怀有一份特殊的感情。

我所有不愉快的春天都与猫有关。比如二〇一〇年春暖花开之际，爱猫咪咪病情恶化，强撑到六月份终于离我而去。二〇〇六年前我在冬天救助的小猫菠萝，因为腿伤面临截肢，我白天夜里焦虑，清明过后，往中庭和院子里搬花，两腿打软，觉得一盆比一盆沉重。

二〇一二年的冬天快要结束时，我伺候着因为滑雪摔断腿的猫爸，听女友感叹二〇一二多灾多难诸事不顺，对自己说，一定不能被任何不良情绪传染，要坚定地保持对春天的热爱之情。

可终究还是事与愿违。这年开春之后，我带着肥猫变瘦猫的豆豆去宠物医院，抽血化验之后，听医生嘴里冒出“糖尿病”三个字时，脆弱的心瞬间就从胸口出溜到了脚底下。我俯身看着化验单，外表平静如常，内心里已像个农村老娘儿们一样，盘腿坐地甩着鼻涕眼泪悲号：我的命怎么这么苦啊！

王老师陪我一起去的医院。在我给豆豆灌了两大杯水，三次跟医生一起给它按压膀胱挤尿，来回商讨治疗方案时，他一直全神贯注地在手机上玩游戏，身体不时地倒向一侧，嘴左歪右咧，估计正在飞机坦克大炮汽车总动员。我突然就对他心怀感激，他的这个表现，比陪着我哀叹，要安慰许多。

最终跟医生确定了每天打定量胰岛素并配合处方猫粮的治疗方案。回家路上，风和日丽，二十二度的气温下我忽而燥热忽而发冷，一会儿开空调一会儿摇车窗，还不住嘴地说，请体谅一个悲伤的更年期女人吧。王老师说，多大事啊，不就得个病吗，咱看得及时，有好医生把着，豆豆底子好，加上你悉心伺候，贵粮食好罐头吃着，还怎么地啊，跟你这么说吧，我都恨不得跟豆豆换个儿呢！

医院离家路途遥远，沿着长安街从西向东，我的心情随着王老师跳跃的话和车里放的歌儿而回转，电台里几个老男人来回来去唱着：往这胸口拍一拍呀勇敢站起来，不用心情太坏，向着天空拜一拜呀，别想不开，老天自有安排。

我知道王老师并非刻意安慰我，这就是他的真实想法。说起来，我一直非常羡慕或者说崇拜王老师对待动物的态度。王老师喜欢所有的动物，基本就是个动物小百科，从猛兽到昆虫，从天上飞的地上跑的到水里游的土下钻的，都在他的兴趣范围之内。除了迷恋各种动物世界、探索奥秘之类的电视节目，我还常见他在央视七台的农业节目逗留，津津有味地看如何养猪养鱼养土鳖什么的。每当我躲闪着看到大动物吃小动物并发出惊恐叫声的时候，他都在边上不屑地说：生物链，懂不懂？

王老师也养猫。这事也让我纳闷，同样都是流浪猫出身，我家猫集我的万千宠爱于一身，却多半胆小鬼祟挑三拣四；他家的三只猫白天大多数时间里独守空房无人陪伴，却热情好客大方淡定，而且不择食，不得病。同样是打疫苗，我家的猫得有一人拼死命按着；他的猫，拍拍后背就乖乖就范。王老师说，这就叫作家教、家风、家训。

带豆豆看病之前一年的某日，王老师从巴掌大小收养的母猫丫丫，扒开纱窗，离开它生活了十年的家，从二楼的阳台上跳下溜走了，再也没有回来。王老师在小区找了三天之后放弃，并且毫不理会我的各种推论，马照跑舞照跳。在他看来人和猫都尽力了，猫有猫的想法和追求，任何哀叹都多余而且徒劳，面对现实，顺其自然最好。

我跟王老师检讨说，你看我多像个愚昧无知的妈，对孩子不立规矩不约束不管教一心溺爱，待出了问题时，又天塌地陷百般纠结，可悲啊。他说，你得知道，猫是动物，不是人。

第二天晚饭时我对王老师和猫爸说，经过一夜的思索，我暗自发誓，从这个春天开始，严格管理豆豆以及所有猫的饮食起居，科学喂养。最为关键的，是改变态度，做个理性达观的动物主人。他们对我的进步给予了充分的肯定和鼓励。我接着说，今天遵医嘱花费了很多时间跟踪豆豆，成功地接了它的两泡尿，测试结果，尿糖正常。

饭后准备喝茶的当口，我眼疾手快地截取到豆豆的第三泡尿。对着显示正常的试纸，我高兴了一分钟后开始怀疑，作为一个才打了两天胰岛素的糖尿病患者，尿糖怎么会这么正常呢？我灵机一动，上楼去卫生间取了自己的尿样测了一遍，试纸上的颜色与豆豆相同。我又把王老师和猫爸分别推进洗手间，每人发一张试纸，然后趴在地板上，对着四片试纸长时间反复细致地从不同角度观察，嘴里絮絮叨叨。

我承认，在对待猫的态度上，我无论如何也成不了王老师。

老男孩

我一直非常感激王老师为豆豆画了一幅肖像，我把它命名为“老男孩”。我时常问王老师：你是在怎样的心境和情境之下画出了那样的豆豆？简直就是猫像中的蒙娜丽莎啊！

画上的豆豆乍一看憨憨的，再看坏坏的，细琢磨有点儿神道，有点儿赖皮，有点儿矫情，还夹杂了一丝的混不吝。王老师的作品诞生之后，我才发现画上豆豆乜斜眼睛的样子，并非是漫画式的夸张，而是它的常态。这种眼神，需要人付出关注才能发现。

豆豆擅长用它的方式引起众人的注意，有时是毫无缘由的话唠，有时则不出声地仰卧于交通要道，冒着肥肚子被踩上一脚的生命危险。乜斜的眼神往往出现在家里有很多客人、且众人将目光聚焦在它的身上时。此时的豆豆，多半躺在客厅的中心位置，或者饭桌上杯盘狼藉之间，它在半梦半醒中貌似不经意地睁开一只眼，待证实围观者的目光和话题的确是自己之后，再度满意地睡去。

如今，这个喜欢闹关注的老男孩安眠于我家的花园。二〇一二年六月十一日，豆豆在来到我家的第十个年头，静静地离去。

我们这个多猫之家，因为没有了话痨豆豆，而归于沉寂。我们这个多客之家，也因为没有了迎客猫豆豆，而归于沉寂。从此不会再有客人推门而入时大喊一声“豆豆”，多年来我已经习惯把这个当作门铃的声响。

在花园里安葬了豆豆的当晚，我和猫爸以及王老师围坐在距豆豆三米远的桌上，点燃蜡烛，倒上酒，为豆豆祝福。我努力地微笑着，说：好了，豆豆和我都解脱了，我从明天开始再不用大早晨起来给豆豆测血糖打胰岛素了。下午在宠物医院，我做出决定时，为了在敬重的男大夫面前哭得得体，也一直这样宽慰自己。

想不到猫爸一口酒下肚，脸上多出了两行泪。豆豆患病期间，尤其是后来病情有所恶化时，连续几个夜晚，都是我对着他哭，他笑着安抚。猫爸不好意思地说：我怎么最近这么脆弱啊，真的是老了吗？

我说，你和豆豆一样，都是老男孩。

只有到了我这个年龄，才能带着女人特有的一脸慈祥说出这句话。在我看来，其实不仅猫爸，我眼之所及，周边尽是老男孩，从我八十多岁的爹，到我五十多岁的哥，四十多岁的王老师，以及交情甚好的一干大学男生们。无论他们怎样性格各异，都有老男孩专属的特质：经历甚多，童心未泯，力有不足，梦想还在，有时话唠，有时犯各，有时狂放固执得不近情理，有时空虚脆弱得不堪一击……我们喜欢他们，守着他们，爱护他们，甚至嫌弃他们，都是因为与他们的亲近，因为没有距离，没有秘密。

面对豆豆的离去，我身边的两个老男孩表现不一。猫爸开始关注过去被戏称为“封建迷信”的理论，说越发理解那些伟大的科学家何以在年迈时转为笃信宗教，因为有些知识，只有岁月能教给你，从“人定胜天”到“敬畏自然”的转变，不是认㞞，而是成长。

王老师不去琢磨这些，他用自然界动物生存法则开导我，嘻嘻哈哈地说：豆豆多快乐，跟你养尊处优地过了十年，从容地带着自尊走，一点也不狼狈，还怎么地啊，我都羡慕这小丫的！

我突然对王老师何以画出那么传神的豆豆有了答案。那是老男孩的自画像。

老男孩们像猫一样，进入我们的生活，相守，离去。我们与他们相爱，受伤，有笑有哭。我们无须为此大喜或者大悲。最重要的是，此生我们遇到过，经历过，快乐过，温暖过。

Memory

王老师家漂亮的大猫旦旦来自一个马场，原主人因为猫毛过敏，不得已放到朋友的马场里，在马的世界里形单影只地生活着，被我发现后抱回来，放在王老师家里与刚失去了丫丫的点点做伴。带旦旦回家那天，一直喂养它的人不舍地说：这孩子是法国巴黎猫，血统可名贵了，脾气好，跟人亲，还不择食，吃什么都香。后来我们查了书，知道它不是来自西方世界巴黎，而是一只有巴厘猫血统的东方猫。

旦旦二〇〇八年入住王宅时，据推算已经在世上生活了起码八年之久，算得上老猫一只了，它眼神与动作都格外轻巧，安静地卧着，舔毛，走路，吃饭，以至于让人忽略它的存在。因为旦旦，我才知道，世界上还有一种如此省心而又贴心的猫，它与世无争，更不用说与人与猫，甚至连告别，都悄无声息。

二〇一二年七月的一天，旦旦因为没精神不吃饭被带到医院检查，确诊为肾衰晚期，一周之后，我在清晨收到王老师的短信：旦旦走了，很干净，也很安静。

我们依旧把旦旦葬在我家的花园里，让它睡在我的咪咪和豆豆中间。王老师和猫爸培上最后一锹土，我摆放了三枝玫瑰，说：你们好好做伴吧！

王老师家此时只剩下点点一个孩子了。他在网上发了一张黑猫点点的照片，名为“孤独一只”。看到点点那双略带惶恐的圆眼睛时，我忍了许久的泪水终于落了下来，随即想起我家的狸花猫面条，在失去好友豆豆之后的种种寂寥。

十年前我为了给独生子咪咪找个伴儿，领养了面条。寄养人送猫的当天，在电话里问我：面条有个好朋友叫豆豆，可不可以一起送给你？我犹豫的当口，猫爸在边上说：行啊，一起拿来吧！

已经成年的豆豆理所当然地做起了半大猫面条的兄长。在我家有了老四老五老六七八之后，它俩依旧多数时间腻在一起混在一处。俩猫常常是一分钟前还你舔我三口我回舔你五口，亲密恩爱得难解难分，一分钟后就彻底翻脸，挥爪出拳，文攻武卫，猫毛漫天飞舞。据我观察，历次豆面之战，都是以豆豆居高临下地把一只爪子按在面条的额头上，眉心之处，面条发出气若游丝的嗷嗷声，并逐渐衰弱，最终不是瘫软倒地，就是灰头土脸地落荒而逃。

多猫之家的有趣，就在于你能看到猫江湖中的各种猫际关系。它们相互之间错综复杂的关系看似无厘头，实际上皆有逻辑和情理，细一推论，你还能从中品出与人世间的亲情友情爱情各种七荤八素的情感及其学问。

比如我家猫口鼎盛时期，咪咪和豆豆两只年长的公猫，长期处于争老大的对立情绪之中，偶尔发生火并，但更多时候为树立威信与维护尊严而保持按兵不动；和事佬面条对权力地位毫无兴趣，不时在二位老大中间和和稀泥；豆豆以欺负恐吓母猫芒果为乐，但十分惧怕芒果的儿子年糕；芒果对小母猫加加像极了大房对待小三，没好脸子不说，动辄就劈头盖脸地一通呼哈怒骂；加加的兄弟非非是个小屄货，每天颠颠儿地跟在它看好的未来老大年糕身后……这一盘散沙的八只猫，居然也有过空前团结的时刻，小猫菠萝因腿伤进了家门，面临被截肢的厄运，被我万千宠爱于一身，放单间吃独食达一年半之久，病愈后试图融入大家庭，结果每天被众猫围追堵截，吓得屎尿横流，最终去了我和王老师的工作室，才得以保全性命。

我猜大部分养猫者跟我一样，总是在诉说猫孩儿们的“恶行”中，享受着它们童真世界奇趣横生的乐儿。偶尔，这颗快乐着的心，会被周边某个离世的猫儿刺痛，在忐忑中希望那个悲伤的日子距离自己越远越好。

但我们终究躲不开离别。猫生短暂，是我们养猫人之大痛。其实人生又何尝不短暂呢？我们在有生之年能够相遇，能像面条和豆豆一样，依偎缠绵，打架和好，我们能够拥有那么绵长而灿烂的回忆，就是最大的美好。

念着旦旦，我脑海中回荡起音乐剧《猫》中最著名的唱段《Memory》：当黎明到来，今夜也将成为回忆，而新的一天也将开始……来吧，你的爱抚和温存，让我独自留在回忆里，回想着我灿烂的过去。如果你爱抚我，你就会了解什么是幸福。看呢，新的一天已经开始。

我相信，点点和面条的寂寥都是暂时的，它们会在喵星球与豆豆和旦旦再次相遇。我还相信，咪咪、豆豆和旦旦，以及那些暂时离我们而去的猫儿，跟唱《Memory》的老猫Grizabella一样，终将带着一生的回忆，踏上重生之路。

我们只需怀着希望，虔诚地等待。

两种猫

一个寒冷的有阳光的中午，我在露台上跟众猫一起晒太阳补钙，突然就想到这样一个问题：如果把猫分成两种的话，是哪两种？我的结论，不是公猫和母猫，不是名猫和土猫，也不是大猫和小猫、家猫和流浪猫，而是怕人的和不怕人的猫，或者说是胆大猫和胆小猫。

得出这样的结论，着实与我家现状和我的纠结有关。我家猫口最繁盛的时候是九只，假若咪咪和豆豆尚在，我不会有这样的答案甚至压根不会诞生这样的问题，因为虽然胆大猫数量明显处于弱势，但给我挣来的面子却足以弥补胆小猫让我丢的脸。想当初我家门铃一响，迎宾猫咪咪无论在家里的什么方位，都会直奔大门而去，还常常因为从二楼俯冲而下，与拼命上楼躲藏的加加非非撞个满怀。豆豆则最爱仰卧在众人瞩目的饭桌或者沙发上，不仅欢迎众人来搞，还能忍受小孩子的各种揪耳朵拽尾巴。

随着咪咪和豆豆的相继离世，我家胆大猫全军覆没。现在的情形是，门铃一响，家里的猫，有一个算一个，无论是睡觉的、玩耍的、吃饭的还是拉屎的，都以迅雷不及掩耳之势在十秒钟内奔赴距离最近的掩体。客人进门，尤其是新客，除了散落在地上的猫毛，压根看不出我家有猫出入。

由此，我最怕新朋友、朋友的朋友，以看猫的名义来我家玩，虽然我知道人家说看猫，不过就是个来访的借口，我更知道我这个主人从没把重点放在让来客看猫上，尤其是客人来的前晚，我扎在厨房煲汤炖肉的时候。但是，每当客人在我家上上下下转了几圈连猫尾巴都见不到一根时，我还是觉得面上无光，甚至有点儿无地自容。

人在自信丧失的时候，往往很脆弱，越脆弱，越容易陷入纠结。比如我被爱猫懂猫的人宽慰“胆小的孩子都是机灵鬼，懂得自我保护”时，心里又感动又羞愧，再比如我爹牵着爱犬乖乖来我家串门时问“你的宝贝猫呢？怎么鬼影都见不到一个”时，我恨由心生，无言以对。

这样的纠结还是最轻量级的。我更大一层的纠结是，我与胆小猫有渊源，而且是不解之缘。我从五岁开始养猫，我经手的猫，除了上述的咪咪和豆豆，无论黑白黄花，几乎无一例外都胆小如鼠。这也就罢了，谁让我就喜欢收养流浪猫呢，人家生在野地里长在惊恐中，有成百上千个怕人的理由。但让我无法解释的是，原本胆大的猫，到了我手里，进了我家门，就像被施了魔法，一瞬间胆子剧烈缩水，判若两猫。

比如黄豆，被我正式收编回家之后，这个以前见到我就冲上来抱腿翻肚皮的家伙，变得一惊一乍，多疑鬼祟，从一开始的摸还摸得变成了摸也摸不得，甚至远远地与我四目一交接，抹头就跑。

比这些纠结更让我纠结的是，我的搭档王老师遇见的猫，个顶个的大方。王老师十年间一共养过六只猫，一只比一只亲人，不仅亲他，还亲所有的生人。于是，以看猫为名来我家吃饭的人，因为看不到我家的猫，而被安排了这样一个节目，饭前去王老师家玩猫。浩浩荡荡的爱猫大军蜂拥着离开，我独自一人在家含泪布置碗碟，挥勺炒菜，然后，在饭桌上长时间倾听众人热烈赞美一头扎进他们怀中的每一只王姓猫们。

多数人认为，猫，尤其是流浪猫怕人，是因为有过被伤害或者迁徙躲藏的经历所致，我则根据多年的经验确认，猫的胆大或者胆小，与经历关系不大，与遗传关系甚大，是先天性格所致，就是说，胆小猫基本上都是天生胆小。

我曾经在上海一家开在公园的迪厅门口，见过一只胆大包天的猫。在震耳欲聋的音乐声中，在进进出出打情骂俏抽烟聊天的人群里，这只猫雕塑一般地蹲坐在大门的正中央，环视左右，从容淡定。我经过询问得知，此猫是流浪出身，后被迪厅主人收养，每晚在此接客送客，成了店家的招牌和标识。

还有一个例子出自我居住的小区。在我每天光顾的小区菜场，店主养的几只流浪猫都是唯我独尊的主儿，它们旁若无人地安卧于货架之上，即使有人从它们身下抽出带着体温的萝卜白菜，它们也不过是换个姿势接着睡。更为夸张的是，我听说那位时常坐在 POS 机上抬着大腿舔屁股、推都推不走的猫爷，曾经在小区外被变态者施虐，眼睛几乎瞎掉。

我思考的结果就是放弃，我决定放下所有的虚荣与纠结，认命。毕竟，猫是人类的私密小情人，它们的千般柔情万般娇媚，都是为所爱之人绽放的，与旁人关系不大。

决定做出没过几日，我这颗并不强大的心，就因家里这几个胆小猫，而再次受了伤。

我的大学好友力带着跟她学习汉语的日本学生来我家做客，这个日本太太随丈夫在中国常住，痴念留在日本家中的爱猫，希望找个猫摸一摸，以解相思之愁。我没有理由拒绝这么动情的恳求，在忐忑中应允了。客人探访的结果与我的设想毫无出入，我强行搂抱着最大胆的年糕，小人家弓身缩头浑身硬得像铁块一样，日本太太唏嘘感叹着摸了一下，然后哀求我给它自由。随后，力同学带着客人，随着王老师去了他家。结果自不用说，可谓败兴而去，乘兴而归。

我的受伤是在客人离去之后。力同学当晚给我打电话，说日本太太再三请她转达谢意。“她说，谢谢你的年糕让我摸了它，那么柔软的毛让我的心都融化了。”我心头发堵。

“她又说，谢谢王老师的点点，让我抱它在怀里，我的眼泪都要流下来了。”我几乎哽咽。

“她还说，我回家后一直没有洗手，我要等到我丈夫下班回来给他闻，让他嫉妒我摸了中国朋友家的猫。”

听完这句话，我抱着电话，直接崩溃了。

家有黄猫

在我十多年前重新开始养猫且知识甚少时，我的一个资深猫友就跟我说过：聪明不过黄猫，猫里面智商最高的就数黄猫了。

我当时对此话半信半疑，信是出于对此猫友的崇拜，疑则来自我家黄白长毛猫芒果，这个带着一儿一女来到我家的猫妈妈，年纪轻轻就一副居委会大妈范儿，身手不矫健，脾气时好时坏，脑子也一阵清楚一阵糊涂。

直到我后来收养了黄狸猫菠萝和黄豆，我才意识到“黄猫聪明”之说并非空穴来风。

我不止一次地说过流浪猫菠萝和黄豆进我家门的故事。简而言之，这两个先后在我家门口流浪了一年的黄猫，本来我是不打算领进家门的，着实是它们突发的伤病让我实在无法袖手旁观，才有了后续的故事。菠萝在一个寒冷的冬日突然一条腿受伤化脓，越治伤情越重，险些截肢，等它的腿和我脑袋上焦虑出来的斑秃都痊愈了，已经一年有半，日久生情，无奈之下让它成了当时我家猫孩儿中的老九。黄豆从一出生就在我家院子里混，不到一岁时得了传染性猫鼻支，每天堵着我家大门打喷嚏，只要我开门，就鼻涕眼泪地迎着我。我终于投降，把它装进笼子奔了医院，然后带回家住单间隔离养病。

它们玩苦肉计，我们中了它们的奸计啊！猫爸不止一次爱恨交加地感叹。我嘴上骂猫爸小人之心，心里也觉得事有蹊跷。比如，救治菠萝的一年多时间里，我急得在家流泪，出门撞车，这个腿上缠着绷带的家伙上蹿下跳吃喝不愁，进出医院从没叫唤过一声，也未曾见它有过一丝痛楚的神情。黄豆在门口讨饭时跟我动辄翻肚皮抱大腿，进了家门之后，反倒东躲西藏，只有开罐头时才勉强让我摸两把。

两只黄猫性格不一，各有各的处世之道。菠萝选择相信它确认的那一个人，而且一经认定，便无条件信赖和服从。它在治疗腿伤的一年半时间里，无数次出入医院，这个胆子极小的家伙，只要把脑袋扎在我怀里，即使周边猫叫狗吠人声嘈杂，也毫无惧色。黄豆作为一个后起之秀，以其性格优势，在对付人和猫上，都比菠萝更多些招数，三十六计中，除了苦肉计，它起码还谙熟擒贼擒王、浑水摸鱼、假痴不癫、走为上这几计，因而在我家错综复杂的猫际关系中，柔韧有余，没发生任何武力冲突便占有一席之地。

黄豆的成功不仅于此，它虽然拒绝跟我亲密无间，却知道在适当的时间和地点，用眼神、声音、形体跟我沟通，赢取了我的理解和信任，成为我们家唯一一个获得外出游玩刷夜资格的猫。

其实，养猫的人都知道，聪明过人的岂止是黄猫，几乎每一只猫，都有它们敏捷、乖巧、诡异、善于捕捉人类心思的一面，我们在琢磨猫认识猫、与猫斗其乐无穷的同时，也在了解自己认识自己，并在不知不觉中改变了自己。

比如说，我一直认为黄豆进我家门之后变得跟我有隔阂，是因为我带它去医院打针吃药做绝育，它为此而记恨我，但我逐渐发现，它每次外出刷夜归来，跟我的关系都有进一步的改善，并且在第二天早上醒来之时见它靠着我呼呼大睡。在一次它夜游归家与我亲热卖萌时，我突然意识到，它对我的种种疏离，并不仅仅是医院造成的阴影，而是认为我监禁了它。它心里憧憬的，除了好吃的罐头、遮风蔽雨的屋檐，还有进出的自由。

养猫让我成长。我不再像养猫的初始那样，满怀人类的优越感与悲悯之心，而是给予它们——这些自尊自傲的生灵更多的理解与尊重。我越来越懂得，我们需要放弃独断专行、嘈杂的大悲大喜，用静静的倾听、默默的感受，体会那份有点儿距离的相守和相爱。

遇见一只猫

二〇一三年十一长假，我宅家当煮饭婆，炖肉烧菜的间隙，把同学晓丽送给我的书《当Bob来敲门——伦敦街猫记》看完了。神奇街猫Bob的故事我早前在网络上就熟知了，如今看它的主人——街头流浪艺人James亲自讲述他与Bob的相遇以及如何因为一只猫而改变人生，依然感动到几欲落泪。一只受伤的黄猫遇上有毒瘾的流浪汉，六年来不离不弃，并最终让他铁心戒除毒瘾，成为一个有责任感的父亲。我猜所有爱猫养猫的人看了这个奇遇和奇迹都会唏嘘，并在心里期待有朝一日遇上一个神奇的Bob。

七天的假期我只出了一次家门，而这一天的下午，我就有了一次特殊的遭遇。

我和猫爸在回家途中去加油站加油。打开车窗递出加油卡，抬眼就看到前方不远处一个把衣服撩到胸脯露出白花花肥肚皮的男人。我跟猫爸说：最讨厌这种男人！话音未落，就见白肚皮向我们走过来，伸手指着车轱辘问：这是你们的包吗？我的第一个反应就是：碰瓷儿的吧？见我不搭理，他又大声问了一遍，这次我听清楚了，他说的是：这是你们的猫吗？我更加惊愕，一时无语，直至听见他用更大的嗓门说：你们车轱辘底下有只猫！

我的脑袋嗡的一声，瞬间浑身瘫软，难道刚才我们停车时轧到了一只猫？几秒钟后我颤巍巍地推开车门，看到车轮下一只翻着肚皮玩耍的小白猫。我松了口气，俯身去抱，小猫跳起来越过隔离墩跑向另一边的车道，此时正有一辆载重卡车轰隆隆地开过来，小猫迎着车冲了过去，我快步上前一把将它抓起来抱在怀里。

惊魂未定，我问加油站服务员：它是你们养的还是流浪猫？服务员说是流浪的，它妈生了一窝就数它胆子大不怕人不怕车，经常过来找吃的。我说太危险了，我抱走吧，服务员笑着说那敢情好，在这里早晚出事。猫爸说：抱走抱走，放咱们小区里也比这儿强多了！

我们开车上路，小白猫把头靠在我的怀里，不叫也不动，偶尔抬头望望我，歪头看看开车的猫爸，一双纯净的黄眼睛放出琥珀般的光芒，动人心魄。不多会儿，它居然睡着了，四肢摊开，打着惬意的小呼噜。猫爸说：得，又砸手里一个！

当晚家人一起吃饭，我讲了下午的故事，我爹说：你跟白猫有缘啊，走了咪咪豆豆又来一个。我哥说：白毛小母猫，我看叫白果不错，北京人管姑娘叫“果儿”，也正好入了你家年糕面条黄豆菠萝芒果的食品系列。我们一致认可。

我在美国的姐姐通过微信看到了白果的照片，她神神道道地说：我早有预感，前几天就跟你姐夫说，你要收只白猫。还说：你不觉得它长得酷似豆豆吗？我抓住白果看了半晌，还真是。

虽然我是一个信奉科学的人，但在对待猫的事情上，我非常唯心，因为跟它们相处得越久，越相信它们是神的使者。我判断白果的年龄大约三月有余，应该出生在六月份，我的爱猫咪咪和豆豆都是在六月份仙逝，我在心里认定它是上天对我的眷顾，是对我爱的补偿。

抱着白果回家的路上，我想起二〇〇一年我和猫爸救下咪咪时，打开车门它跃上车座的情景，懂猫的人知道，猫会自己选择主人，除非它乐意，否则一定会反抗。

Bob 的主人 James 在书的开篇写道：“我们每个人生命中的每一天都有第二次机会，但我们通常都没有把握住。”他人生的转机从把握住跟 Bob 的机会开始。我庆幸自己在短短的数秒钟里把握住了我和白果的机会，虽然我并不期待有 James 那样的转机，但我们的生活一定因为彼此的相遇而有了改变。

其实我更欣赏另一句名言：所有的相遇都是久别重逢。我在短短一周的时间里已经发现，白果长相似豆豆，性格却像极了咪咪，就连热爱迎客和送行这点儿，都与咪咪无异，这让时常感慨自从咪咪走后再无猫清晨送别的猫爸欣喜不已。

我并不为自己毫无科学依据的解释而惭愧。因为世间许多事情本无真相，有的只是我们对事情的态度和说法。

一泡尿引发的思考

小猫白果进我家门半月之后的一天，我跟猫爸和王老师在小区的餐馆吃完饭回家，猫爸推门进屋的第一句话就是：有猫在这儿撒尿了！跟在他身后的王老师一通吸溜鼻子，然后确定地说：没错，绝对有猫尿味！我顾不上换鞋进入客厅，鼻子里涌进一丝熟悉的腥臊之气，但嘴上依旧言不由衷地说：未必是猫尿呢，有时候剩咖啡也是这味儿。为猫孩子们打掩护，是多年来我这护短猫妈的惯性反应。

猫爸和王老师对我的话毫不理睬，东闻西嗅，我心虚，也格外卖力地四肢着地匍匐移动，沙发地毯逐一排查。半小时后，一无所获，他们两人放弃了寻味，猫爸上楼，王老师离去。我头晕眼花，扒着桌子站起身，眼睛对上焦的当口，看到餐桌上，我美丽的多格大盘子里，有一格满满的黄澄澄的液体。

接下来进入破案环节。我琢磨了一会儿，认为最大的嫌疑犯是白果。在这小疯丫头被收编之前，我家从未出现过这么精致的作案现场，这是其一；其二，它刚刚发现可以通过椅子跃上餐桌，而且对桌上的摆设非常好奇；其三，虽然它进门第一天就学会了使用猫砂，但极有可能认为那里并不是唯一可以撒尿的地方；其四，尿得这么周正，定是母猫所为，而芒果和加加，这俩没有案底的原住民，应该不会突发这样的灵感。

我跟猫爸汇报了我的发现和推理，他淡然地说：找到了便好，谁干的不重要，抓住案犯你又能怎样？我拍了照片给王老师发微信，他回说：反正肯定不是我干的，你看外边一滴都没有。

我仔细观察众猫，找不到任何线索，睡觉的养神的溜达的吃喝的追逐奔跑的，与平日没有丝毫的不同。看来破案无望了，除非安装监控镜头，逮住下一个作案者。

几天后的一个傍晚，我外出归家，发现屋里从楼下到楼上，有大小十几摊呕吐的痕迹，呕吐物中没有猫粮和猫毛，但有血丝，可以断定不是吃多了也不是吐毛，四下查看，发现加加满面愁容地蜷缩在暗处。赶紧上网百度，有猫友说起家里新猫进门时老猫有过类似的过激反应，我心头一颤，想起白果到来之后，加加曾经与它厮打过，后来被无知无畏的小丫头占了上风，由此确信原本一向神经质的加加出现了心理问题。

随即脑子里像过电一样打了个闪：作案者或许是加加，它极有可能心怀焦虑以乱撒尿发泄不满表示抗议。

如果这七只猫换成七个孩子，我完全可以把他们叫过来开个会，晓之以理动之以情，审个水落石出，而对于猫，我能做的只有通过观察和经验，以及对它们每一个的了解来推理判断。我检讨自己把过多的注意和关爱给了新来的白果，忽视了对加加的体恤，决定立刻开始为加加疗伤，开小灶拉偏手加倍安抚。

我的朋友蛋蛋妈养了四只猫，是个理科出身动物知识渊博的人，她时常感慨，如果我们能更多地通晓猫的行为语言，探察它们内心的感知就好了。我这个不懂科学缺乏理性思维的人就打岔说，这样其实也不错，懵懂的有距离感的爱更能长久。

我觉得养猫就像一场恋爱。人的爱情往往因为差异而开始，又因为差异而结束。这个过程或短暂或漫长，其间经历了太多的喋喋不休，我们试图通过表白自己获取对方的认同或者谅解，却往往因此生出更多的疑惑。我们为什么爱猫？在我看来，与猫相伴最大的乐趣，就是那种介乎懂与不懂之间，一些知晓和一些茫然，渴望探寻未知而又无须争论辩解。因为如此，我们才有了这份长久的爱，或者咫尺之外，默默相望，恍若心有灵犀；或者相拥在怀，嬉笑玩乐，即便偶然被误解被刺痛，也一笑置之。

我特别喜欢微博上一个小兄弟对我说的话：猫姐，其实猫儿就是云。假若自己是朵云，看着世界。这话说出了我养猫的另一重快乐：猫让我时常挣脱开现实的自己缥缈到一个虚幻的世界，那里有世俗的热闹，也有寂静的欢喜。

加加在我的呵护之下摆脱了焦虑，不再呕吐，食欲也恢复如常，小白果在战斗中茁壮成长，虽顽皮依旧，但已与众猫相熟并逐渐显露些许淑女的气质，经历了短暂混乱的大家庭重现出往日的融合景象。

我欢欣了两天之后的某个上午，王老师在我家楼下的一声大叫打破了宁静，我在他一迭声的“完了完了”之中飞奔下楼，看到我那有洁癖的处女座搭档一脸愤怒地捧着他的帆布面书包，上边有一汪尚未渗透的猫尿。

旧案未破，新案又生。

我忍住笑，说：可以肯定，这次真不是你干的！

一生一世——养猫大事

二〇一三年和二〇一四年交接之际，很多人将一三一四做一生一世之解，以此诞生了很多的世纪之缘。我本不喜欢这种牵强又矫情的联想，但仔细想想，也有点儿意思。回头望去，其实一生一世几个字一直就没离开过我，年少时它重于泰山，日记里提到它必然是惊叹号，成年后它又一度轻于鸿毛，那个时期颠覆和嘲讽是主旋律，认为许给未来的任何承诺都很可笑，今朝有酒今朝醉才不枉此生，到现在有把年龄了，开始懂得欣赏老辈人和老物件中蕴藏的价值和美好，重品一生一世这四个字，同是一个叹号，却有了惊叹号与感叹号的区别。

值一三一四之际，我发现自己无论白日梦还是深夜梦，“天总是很蓝日子过得太慢”的旧事在脑子里越来越清晰，而前年去年今年的大事小情则充满了混乱和重叠，因此意识到很有必要将这一年做个回顾，以绝因糊涂而导致的后患。

大约一年前，我在微博上看到某个粉丝过千万的女名人写的一段话，她被人指责说了不该说的话，于是抱怨“难道要我无聊到只拍我家宠物和饭菜吗？”转发给我这条微博的闺蜜张美丽乐颠颠地附言道：这说的不就是你吗？

一点儿没错。回顾二〇一三年，我发现自己微博上的所言基本不出养猫和吃饭两件事，与女名人的不屑严丝合缝。既然如此，我也不打算枉担虚名，总结回顾也只说养猫爱猫、做饭吃饭这两件我生活中的大事，它们确也实实在在与一生一世相关。

此文先说猫事。

我每天睁眼之后的第一件事是喂猫，我在七只猫的簇拥之下女皇般地下楼，然后女仆般地伺候众猫吃饭外加清理猫厕所。喂完家猫喂流浪猫，同样是罐头加干粮的待遇。我每天上床前的最后一件事，是给热爱夜生活的猫们备足干粮和清水。

二〇一三年的猫事中可圈可点的大事有如下几则：

第一件大事，是我和猫爸在加油站捡回了小猫白果。我愿意把与白果的相遇看作一种神秘的缘分。果儿是一只非常纯粹的猫，虽然在它猫生的前三个月过着颠沛流离的生活，却丝毫无损对人对猫的阳光心态，既投怀送抱又不失自尊，面对我家六位原住民扑朔迷离的关系网，果儿无知无畏见招拆招，没出几天就让老的宠幼的爱，我对它的勇气和智慧心悦诚服，忍不住跟猫爸一遍遍感叹：做女人，就要做白果这样的女人。

第二件大事，除了白果，我和搭档王老师还喜获一枚塌鼻子加菲猫，此名牌猫来自朋友的朋友，因为主人远嫁外地而独自孤苦伶仃地生活在一间空屋子里，我们为它取名面包，小名包包，放到工作室与原住民菠萝为伴。包包每天睡在王老师的电脑键盘边上，愁眉苦脸的模样为王老师的创作带来不少灵感，大有成为我们公司摇钱树的潜质。

第三件大事，除了白果和面包，王老师还抄着了一只豹纹小美猫，我们叫它豹妹，小名抱抱。年轻貌美的豹妹也曾是只流浪猫，后来被人收养，好日子没过几天，原主人患了癌症，住院治疗期间经常让它独自在家，出院后打算长时间去外地疗养，虽不舍，还是决定为它另觅新主，我们在猫友英子的引荐下，抱回了一身中药味的抱抱。王老师得到了豹妹，如同老年娶娇妻一般喜不自禁，每天既要宠爱新人，还要顾及旧人——尚在吃醋中的黑猫点点和暹罗猫 Mia，生活一下子忙碌了许多。

盘点完猫事再说几个结论。

第一个结论出自我哥。一天晚上王老师兴奋地说，经他考证，豹妹抱抱极有可能是一种不俗的大名猫奥西猫，这种猫是阿比西尼亚猫、暹罗猫及美国短毛猫交配的成果，兼有野猫的精悍和家猫的沉稳。王老师话音刚落，我哥扭头对我说：我看明白了，你们家是大众版，王老师家是精华版。

第二个结论缘于白果和豹妹。先说白果，我哥从国外回来送给我一个精巧的猫包，周五我拿到这个像大名牌 LV 的猫包时说，等明年白果做绝育手术就用它装了去，结果周六一进家门就听见白果在嚎叫，这个才半岁的小丫头毫无征兆地突然发情了。再说豹妹，王老师在得到它之前的一个星期里，每天都中邪似的碎碎念，说想要一只虎斑猫，最好是带豹点的那种。我的结论就是：猫是神奇的家伙，与猫为伴，你会接收到神秘的信息，在冥冥之中被点悟。

第三个结论来自一位素未谋面、像猫一样聪明和诡异的朋友，他的话或许能够解释我成为“无聊之人”的根本。他说：你如此喜爱猫，是因为你想成为猫一生的玩具，与它们一起玩耍让你有种来自本能的乐趣。

最后一个结论，也是我最想说的结论：我们任何一次与猫相遇，抱起的都是它的一生。我认为这种一生一世的意义，足以媲美人类爱情的承诺。

不爽

游吟小笼

二〇〇一四年六月初的一个晚上，我跟猫爸和王老师去中国大剧院看歌剧《游吟诗人》，饭后归家，三个人喝着小酒重温剧中的经典唱段，我说，这出剧太过暗黑，吉卜赛女人为母报仇，抢走仇人尚在襁褓中的孩子，养大后，让孩子的哥哥杀了他，完成一生的复仇大业，这完全颠覆了我对人类母爱的认识。猫爸说，社会黑暗，冤情太重，所以那时候复仇的故事盛行。正说着，电话铃响，是朋友老马，说他和媳妇俩人关了店铺准备回家时，听到汽车发动机部位有小猫的叫声，打开车盖看到一只惊慌的小奶猫，下手抓又不见了踪影，束手无策时想到我们前几天刚如此这般地救过一只小猫，特来讨教。

几天前的一个清晨，王老师跟我家小时工小白一起，合力从停在门口的车里救出一只白色蓝眼睛小奶猫。他们围着发动机奋战时我正可耻地睡觉，所以接到求救电话，赶紧让王老师传授经验。王老师说，我们这个是只聋猫，听不到声音不那么抓狂，你这猫听得见动静，害怕乱窜，天这么黑，想抓它肯定徒劳，不如放着车别动，明早再想办法。

第二天上午，我跟老马联系，他说昨晚打车回家，今天一大早找了4S店的朋友将车拖至工厂，卸下底盘，救出了小猫，现在已经带回家，我欢呼之后问他怎样处置这个幸运小儿，他说，那还有什么说的，人家就冲我们俩来的，当然收编，做我家的老十。接下来的两个小时，老马抑制不住兴奋，讲了他家九只猫的上门故事，我不时穿插进我家数猫的精彩桥段，最后，我们共同感叹说，只有养猫并与猫有神奇之缘的人才能会意，此生能与它们相识相知，共同生活，是怎样的幸事。

我跟老马一样，认定我家这个不顾自己安危寻上门来的小猫，是上天赐给我们的礼物，但我没有立刻决定留下这个天生耳聋的小东西，我要征求家中六位猫主子的意见，历史的经验告诉我，它们之中有一位持反对票，都将导致家无宁日。

接下来的日子，如我所料，这个巴掌大小的奶猫改变了家中六位原住民的生活。因为没有听力，它毫不理会大猫们的威胁呵斥之声，终日沉浸在自我的狂欢中，除了跟普通小猫一样是多动症患者，喜欢团团转地抓自己的尾巴，它眼睛的感受力因为耳朵的缺陷而出奇的敏锐，喜欢观察中庭竹林坠落的枯叶，也喜欢在地板上撒泡尿来回来去地照自己，更多的时间里，它追着撵着长辈们满屋乱窜，肆意骚扰别人的睡眠，最爱从远处飞速奔入某个大猫的怀中，撒娇打滚，外带咬脖子踹肚子。

我没有料到的是，不出几日，小聋猫便以它不谙世事的单纯，笼络了猫心，更俘获了人心。我决定收养这个有生理缺陷的孩子，并顺着我家公猫的主食系列，在面条、年糕、黄豆之后，给它命名为小笼，这既是小笼包的简称，也是小聋的谐音，希望它未来的生活多汁多肉，滋味丰富鲜活，在宁静的世界里享受纯粹的快乐。

最出我所料的是白果的表现。这个原本家中的老小，从小笼进门第一天开始便陷入狂乱之中，抗议之声最强，却又把持不住地尾随。在白果一连串的呼哈声中，处于无声世界中的小笼坚定地选择信任这个大白猫，成为它甩不掉的影子。小笼到来的第三天，白果敛声凑近眼前这个只有它三分之一大小的猫孩子，伸出舌头，舔掉它屁股上挂着的小屎嘎巴，然后倒地，亮出肚皮，眼睛里泛出慈祥的光芒。从这一刻开始，小笼的肆无忌惮愈演愈烈，白果的耐心和隐忍也日益漫无边际，一瞬间从顽皮小猫变成了慈祥母亲。

我在欣慰之余，对一度不看好白果能接纳小笼的王老师说，看到了吧，这就是伟大的母爱，母性动物的本能，别以为只有当了母亲才有母爱。王老师点头称是，说，眼前就有活生生的例子啊，你没当妈，可对我们一个个的，不都是母爱泛滥嘛。

我跟出差回家的猫爸说了收养小笼的决定，他语调夸张地说，我早就说了，所有来咱家的猫都是使了苦肉计的，差点把命都豁出去了，咱再不收留，天理难容啊！

小骂大帮忙

我爹很早以前就跟他几个“损友”一起，为热衷褒贬丈夫的女人们做了划分：一类是“夸夫派”，一类是“骂夫派”，还有一类是“小骂大帮忙派”。我们试着把周边的人归了一下类，基本都能囊括，所以一直视此分类为经典。

后来我逐渐发现，当妈的对自家孩子的褒贬，也能大致归为这三种类型，即“夸孩儿派”“骂孩儿派”和“小骂大帮忙派”。

再后来，和猫友聊天，我又发现，对自家宠物的褒贬，依然能用这三类概括。

三者唯一不同的，是比重问题，主要体现在“骂派”上。骂夫的人最多，骂孩儿的少，骂宠物的，更少，或者说，鲜有。

我思忖，骂夫的女人多，是因为让女人失望的男人多，换句话说，女人对男人寄予了过多的期望，因而也收获了过多的失望。骂孩儿的女人少些，因为虽然对孩儿的期望不小，未达到期望的也不在少数，但好歹孩儿身上有自己一半的基因，骂孩儿意味着有一半是骂自己。骂宠物的更少，很明显，因为宠物就是用来宠着的，压根儿没啥期望。

我爹将我归为“小骂大帮忙派”，我自己也认可，一是家风如此，二是我觉得也就这一派技术含量高点。要骂得淋漓有趣，忙帮得不露痕迹，是需要些修养和技巧的。三派当中，我认为“夸派”技术含量最低，绝大多数的“夸派”都是没有智慧没有悬念没有起伏，像是只有甜点没有咖啡的下午茶，就一个腻字。但是如果在同一水平上比较，“夸派”还是好过“骂派”，起码不会造成情绪污染。

我家猫爸也欣赏这三派之说，并为我的“小骂大帮忙”而沾沾自喜，但他不认同我对夸孩儿派的贬损，他说：你们总嫌人家夸孩儿的人不理智，我听你们猫友之间没完没了地说起猫来，夸张加肉麻一样不少，水平也没多高啊！

我不服气，辩曰：这两者有本质的不同，其一，我们没私心啊，猫不是我们生的吧？况且我们当中大多数人养的是流浪猫；其二，我们不是出于炫耀吧？那是人类对动物的一种关爱、认同和欣赏；其三，我们的故事够妙趣横生起伏跌宕吧？光是猫与我们的相遇就比怀孕生娃有意思、有悬念得多；其四，我们的表达很科学很客观也很有理性很有素质吧？因为我们往往超越了人类自身，我们的视野和视角与夸孩儿的大不相同。

此番争论发生在几年以前，那之后没几天，我在一家服装店巧遇一个网上聊过但从未见过面的猫友，对上暗号我们惊喜不已，随即进入状态，从你家猫我家猫到他家猫聊得昏天黑地，分手告别时，她突然说：哦对了，你知道养了十一只猫的那谁谁吧，她家老大病得很重，她看了好多医生，都没办法，她不想放弃，还在到处寻找治疗办法，唉，真是煎熬啊！说着眼泪就下来了。我也很难过，安慰道：好在她家还有十个孩子呢。猫友瞪大双眼说：那可不一样，这只，是她的亲生儿子啊！

那是我第一次听到“亲生猫”的言论，所以惊讶程度略高，联想到猫爸的态度，当下决定此话无论如何不能向他转述。如今几年时间过去了，我家的猫去去来来，乐儿虽多，讨嫌的事也不少，我“小骂大帮忙 ”的演技因而越发纯熟，猫爸对此早已置若罔闻。

二〇一四年五月底，我家小白阿姨亲手从汽车发动机里救出来了小奶猫小笼，共历惊险外加从小带大，自然在众猫之中多了一份宠爱，于是小白在我们嘴里便成了小笼的“亲妈”。每当小笼肇事惹祸，亲妈立刻现身，小骂大帮忙。

小笼性拙，一直学不会用猫砂盆，隔三岔五地在床上撒尿地板上拉屎，至今恶习不改，作为亲妈的小白总是一边快手快脚地收拾，一边各种打掩护，实在躲不过去，就往身上揽责，检讨自己遇猫不淑，给我添堵。但她拒不同意我关于小笼的弱智之说，她的解释是，男孩子发育晚，兴许一岁以后就好了。有一次小笼当着我的面在地板上方便，亲妈见状很夸张地大声教训小聋子说：跟你说多少遍了去厕所怎么就不听呢，明天再这样，我就不要你了！我逗她说：别明天了，今儿就扔了吧！小白说那不行，也许明天奇迹就出现了呢！

有一天回家时撞上小白抱着被亲儿子尿湿的床罩下楼，我故作愠怒状，她带着抱歉的表情说：我刚才打这小子屁股了！见我没作声，她又说：小笼尿归尿，可它的尿跟别的猫不同，一点儿臊味都没有。

我忍不住笑，说：果不其然，你真是亲妈！

猫性儿狗性儿

我的发小琪有一天对我说，你发现没有，什么人养什么宠物，我是狗性儿所以养狗，你就是猫性儿，养了那么多猫。她说我们共同的发小蔡邦子也是狗性儿，如果她养宠物，肯定是养狗。这个推论果然也得到邦子的证实。

琪说的狗性儿，主要特点是性情爽直，不拐弯，热情也好冷淡也罢，什么都写在脸上。我这样的猫性儿相比之下有欺骗性，心里对你好，明面上也不张牙舞爪。

我表示认同。我常说养猫养狗是两种生活方式，也是这个道理。我甚至认为，猫性儿和狗性儿，可以作为星座和血型之外的第三种方式，用来区分和探讨人的差异性。

除了琪的初步分析，我觉得猫性儿和狗性儿最大的不同，体现在消磨生命的方式上。往小了说，狗性儿务实，享受工作和实现的快感，猫性儿务虚，游游逛逛也能找乐儿。往大里说，狗性儿认为人生或者狗生是有意义的，要有使命感，有目标，猫性儿的虚无感更强，觉得人生或者猫生就是各种体验，无所谓去实现什么。

比如你在街上看到同样事儿事儿往前跑着的一只狗和一只猫，狗的神情与猫就大不同，它们可能想着去助人为乐，去郊游，或者就为完成今天的拉撒散步任务，猫则很盲目，遇到鸟了上树逮，遇到公猫打架遇到母猫调情，有吃的就吃没吃的就玩，走哪儿算哪儿。即便都是为了吃，狗也是努力地东闻西嗅，拼命靠自己的勤奋发现一根骨头，猫则是搂草打兔子，连玩儿带踅摸。

我身边的俩人，猫爸和王老师，分别是狗性儿和猫性儿的典型代表。猫爸是有目标的工作犬，最喜欢出事，有事才能显摆能耐，实在没大事，那就每天一睁眼有个今日任务单，经过一个白天的奋战，把单子上的每项逐一完成，然后这个夜晚就是美妙的、快意的，睡眠也是安稳的。王老师最有计划的事情就是每天三件大事，早饭中饭和晚饭，除此之外天下无大事。我们俩以工作为掩护，隔三岔五外出溜达，即便家里的咖啡要好喝得多，我们也会出门找个舒适的咖啡馆名曰想创意，因为我们需要身边嘈杂的人声做背景乐，激活脑力。

记得几年前的一个周末，猫爸随我和王老师出门闲逛，他耐着性子跟我们不知目的地东游西荡了两个小时之后，终于忍不住严肃地问：你们今天到底怎么打算的？究竟想要干什么？王老师瞪着迷茫的眼睛望着他说：打算什么？啥事没有啊！猫爸气急败坏地说：难道你们就这么瞎溜达一天吗？我说：哪儿止一天啊，我们成天这么瞎溜达。

猫和狗当然也能和谐相处，更何况还有很多猫性儿的狗或者狗性儿的猫，不管是互补还是互让，总之，我们看到很多同居一室相安无事甚至亲密友好的猫与狗。但我相信人类演绎的猫狗之情，肯定与它们的实情有很大的出入，包括著名的加菲猫与它的狗朋友。我更相信猫性儿与狗性儿冲突大过互补，和谐的局面有可能靠的是一方的屈就与忍让来缔造的，毕竟它们生活在人类主宰的空间里，反正必须在一起，除了相互容忍，还能有什么办法呢！

我有点儿不明白的是，为什么在电影和漫画里，都是好狗坏猫的组合，而且一概是憨厚善良的狗让着唯我独尊的猫，这分明是人类固化的概念和长久的偏见。我的这个纠结可能来自于真实生活中自身的悲惨处境。在我家，我这个猫性儿时常迁就那个狗性儿，多年来空怀“壮起猫胆把狗打翻”的理想而始终郁郁不得志，究其原因大约有三点：第一，工作犬日夜勤劳，不但挣了狗粮还买回了猫粮；第二，在这个成功当道的社会里，狗性儿做正确事情的频率远远高出猫性儿；第三，猫狗真掐起来，狗吠声比猫叫声气焰嚣张得多，长此以往，有理在于声高。

思来想去，要改变自己猫性儿命运的路途只有两条，一是立志做只坏猫，该出爪时就出爪；二是赶紧换只好欺负的狗，下半辈子作威作福。

如果两条革命之路都走不通，那就只剩下精神胜利法了——寄情于电影和漫画，看猫如何与狗斗智斗勇并获得胜利，并默诵加菲猫的名言：大自然就是通过狗这种生物来说明，我们的生活不算是最差的了。

你不知道的事

我发现，养猫的年头越长，对猫的了解越不足够，这有点儿像结婚的年头越长，越不知婚姻为何物。其实细想想这也不奇怪，因为凡事皆如此，越熟悉，越陌生；知识越多，疑问越多；年龄越大，敬畏之心越重。

所以，每当遇到有猫友向我咨询关于猫的点点滴滴，我总担心因为我的一知半解而把人引向歧途，好在提问的大多是常识性问题，我倚老卖老地能对付个八九不离十。

更多人与猫的关系问题，是和熟识的猫友一起长时间闲聊才会涉及的，如果再喝个酒彻个夜的，就会说到关于生存与生命的思考之类，没了边际。

比如我最近常和有四个猫孩儿的邻居好友蛋蛋妈聊天，她说从十几年前养爱猫蛋蛋开始，就常处于痛苦的纠结之中，因为明知猫是无比热爱自由的家伙，还要把它们圈在高楼上的几十平方米里，强迫它们适应人的生活，这让她搞不清自己究竟是爱了猫还是害了猫。我非常了解蛋蛋妈的心思，这是超越了给猫一个安稳的小康生活之上的大爱，与我的困惑如出一辙，往大了说，这是关于爱的困惑。

说到爱与自由的困惑，最好的例子应该就是我家的黄二豆先生。我在以前的文章中描述过，二豆是流浪猫出身，当年它的妈妈把这个两眼被脓糊住的小奶猫叼来放在我家大门口，然后躲在几米开外盯着我一天三次地给它上眼药膏，直到痊愈。成年后的二豆前屋后院地堵着我表白自己想进家门的愿望，于是我将它正式收编归队。食住无忧的二豆从野猫变成家猫之后反而跟我有了明显的疏离感，我用了半年多的时间发现，原因在于先前流浪的它不知道进家门之后有了舒坦却失去了自由，它寻找一切机会溜出家门，疯玩两三天后回归，而每次回家，都对我报之以耳鬓厮磨的柔情。

在偶尔早起的清晨，我常看到这样的情景：黄二豆趴在窗台上望着窗外的鸟发出叽叽啾啾的怪声，它焦躁地在窗台上来回奔跑，用脑袋磕着玻璃，一声声敲打着我的心脏。某天一个曙光微露的凌晨，我懵懂起床去卫生间，见一只黄白大猫顺着树干爬上我家的窗台，隔着纱窗跟二豆咪咪喵喵地说话，我猜测它说的可能是“猫粮诚可贵，猫罐价更高。若为自由故，二者皆可抛”这类名言，因为二豆听它说完更显现出难以名状的焦躁与激情，嗓子里发出怪异的嗷嗷之声，当天下午，它便扒开通往院子的纱窗出逃了。

其实我知道从小在这片混大的黄二豆是可以放养的，因为它每次出走两三天之后便会回到院子里，欣欣然地等我开门，大摇大摆地进门接受众猫的望闻问切，但是我依然对它出门怀有诸多的担忧：好奇害死猫怎么办？误食毒物怎么办？遇到坏人怎么办？得了传染病怎么办？还有，它出走的时候我这颗无处安放的心怎么办？

禁锢的安全与危险的自由，它到底在意哪一样？换句话说，我给予它的爱，是它真正想要的吗？是不是我们经由爱猫而更爱了自己？

我的上下求索还没结果，我家就发生一起集体出逃事件。不久前的一天，我在此起彼伏的猫叫声中发现，通往院子的屋门开着，年糕半倚着门呼唤白果，白果在花园当中呼哈奔跑驱逐两只流浪小猫，从无外出之心的面条半卧在花丛之中享受日光浴，黄二豆在树下的土地上翻腾打滚……我拖回年糕，追回白果，劝回面条，眼睁睁地望着黄二豆在我的千呼万唤声中跳上围墙翩翩然扎入院外的树丛之中不见了踪影。

黄二豆游逛了三天之后归家，三天中它每天都会跳进我家院子向屋里张望一番，与我打个照面再重新跳出围墙，有两次我在傍晚时分见它伙同两三只流浪猫，勾肩搭背嬉闹玩耍，对我的呼唤置若罔闻。而我在这抓心挠肺的三天里想明白了一件事：在对爱与自由的理解上，猫与人一样各有各的态度，年糕是心有所属并自觉责任重大，白果是保家护院驱逐外来者，面条是洁身自好我自逍遥，而黄二豆，跟大多数永远长不大的男人一样，怀揣一颗贪玩的自由之心，满脑子想的就是两件事：出去玩几天，滚一身泥，然后回家吃好饭睡安稳觉。至于那些上纲上线的精神追求之类，不过是我自以为是强加于它的。这与人类男女之间的误解如出一辙。

即便如此，我想我和蛋蛋妈也不会停止对猫与人关系的探寻，因为无论是猫还是人，都还有那么多你不知道的事。就说眼下，我不知道该以怎样的态度对待这个要求来去自由的黄二豆先生。这实在是爱的苦恼。

厨事

秘方

我喜欢在家攒饭局，隔三岔五，就有一群牙口好胃口好精神头也好的人围坐在我家餐桌上，弹指间菜飞肉灭，酒高人欢。

我经常做的一道菜是“秘制酱牛肉”，每次用它热场子，总能得到赞美。饥肠辘辘的客人，好不容易熬到开饭，一筷下肚，连筋带肉，温软缠绵，肉香攻心，不好吃才怪。

因为我总刻意强调是“私家秘制”，于是就常有人讨要秘方。我扭捏作态、故作矫情地不给，更加重了秘方之秘。

我不是个小气的人，不轻易说出秘方，原因很多。

其一，秘方，总得有点儿秘的意思吧，不易到手的方子，才叫秘方。武侠江湖里，秘籍之争常延续好几门派的好几代师徒，刀光剑影人仰马翻了，兴许连秘籍的边儿都没摸到呢！

其二，即便你拿到了秘方，那也是别人的秘，是集他人成功失败经验之大成，要想变作你的秘，且修炼呢！

其三，在此暂且不表，留待最后。

二十多年前，我任职的那家出版社边上，有个工厂的食堂，为了创收，对外开放变成了餐厅。那时候下馆子还不常见，食堂的菜好吃不贵，我们几个嘴馋的人常结伴而去，每次必点一道“果汁肉脯”。这道菜有点儿类似东北菜“锅包肉”，但因为有茄汁，多了点儿洋气。一块块小肉排煎过之后外酥里嫩，被红彤彤的茄汁包裹着，明油亮芡，酸甜香脆，好吃极了。我回家也学样照做，发现茄汁里总是差了点什么，除了番茄汁和大蒜，还应该有某种神秘调料。我曾摸去过食堂的后厨，结果被人客气地劝回，负责人说了：喜欢，就常来吃。

大约一年后的夏天，我和朋友去北戴河游玩，乘坐的大巴刚出北京就抛锚了。在等待救援时，我们几个女孩子沿着路边找到一家私人小馆子，要了一锅番茄蘑菇汤面。对黑乎乎的饭馆没有任何期待的我，在面条入口的一瞬间，打了一个激灵：汤汁的味道，与果汁肉脯极为相似，而那其中我苦苦探求却一直不得而知的神秘调料，突然间清晰地有了答案：是辣酱油，上海辣酱油！

从北戴河回家的当晚，我迫不及待地用番茄汁 + 大蒜末 + 上海辣酱油 + 糖 + 少许的醋，以水淀粉勾兑，果然，基本上还原了那道让我欢喜让我忧的果汁肉脯。嘴里细细咀嚼着，我的心里，居然生出一种如释重负兼悲喜交加的感动。这道历时一年多破译的菜式，成为我连续几年请客的主打菜。

我的另一类秘方来源是误打误撞。比如，夜里炖肉时，发现没有小葱了，用洋葱代之，诞生了另一种更奇特的滋味；边炖肉边喝小酒，喝得二晕时把肉烧煳了，绝望中用大蒜、柠檬等胡乱地补救，结果变废为宝；慌乱中错把醋当成了酱油倒下去，得到的是意料之外的欣喜……

尽管有点儿矫情，但我依然想说的是，秘方之秘，除了原料这个硬件必须过硬之外，其他还真的无法用明确的文字说清楚。这颇有点儿类似男女之间的爱你在心口难开，关键不是说，而是爱。用心去爱，自然能够制造出一些奇迹。而吃心不改，是维系这份爱心的前提。

说回我的秘制酱牛肉，也顺道解释一下我拿劲儿的原因。我说不出秘方，是因为我的不确定。每一次，我的用料都不尽相同，尤其是在料酒的选择上，除了黄酒是必用，一般我手边正喝什么就放什么，有时是红酒，有时是啤酒，最近请客的这次，因为我正喝着自己调制的金汤力，就顺手倒了点哥顿金酒，收汁的时候，又把切剩下的两片青柠檬丢了进去，五分钟后关火，齐活儿！

多年前我看过一篇小说，拉拉杂杂地写了很多人物的跌宕命运和爱恨情仇，我都忘记了，只记得其中一个情节是，主人公后生自打吃过一个老太太做的炒鸡蛋后，魔怔般魂牵梦绕念念不忘，多次索要秘方未遂。老太太临终前，强撑着对尽心照料她的后生耳语说：告诉你我炒鸡蛋的秘方，那就是——不放味精！

记得当时，好不容易熬到秘方出场的我，放下小说就奔了厨房，放味精和不放味精的鸡蛋，各炒了一盘，然后对着有味精的那盘哑然失笑。自从我十三岁那年第一次下厨做饭至今，炒鸡蛋从没放过味精，而且我的理论知识加实践经验都证明，炒鸡蛋压根儿不需要放味精。此举真可谓多此一举。

这也是我前面要说而没说的“其三”：“秘方”这东西，如果你认为它有，它就存在。

赶上什么吃什么

上学考试的时候，我最喜欢自由发挥题。可能是记忆力有缺陷的缘故，需要死记硬背的科目，都是我的软肋。

做饭也是如此，给我个方子，按照步骤定量如法炮制，我就嫌烦。比方说做西点，拿小秤盘小量勺什么的一点点“照方抓药”，没两下我就失去了耐性，因而多年来一直屡战屡败。

老话说“文如其人”，我觉得菜也如其人。我做菜，突出的特点，一是快。半个小时，能搞定四菜一汤。常常是这边起了油锅，那边开始切，下锅翻炒的空当，准备下一道菜的用料。做第二道菜的工夫，把做第一道菜用的碗碟洗干净了。二是没准谱，有时想好了一种做法，真正操练的时候，突然改主意了，装上盘的跟开始预想的大相径庭。

我比较自鸣得意的，是危机公关——面对突如其来的不速之客，临场发挥，手边有什么做什么。找饭辙的，就赶上什么吃什么。

二十年多前了吧，跟个男室友合住，他也爱吃，老蹭我饭不好意思，索性每月扔下点散碎银两入了伙，到了饭点，跟家里掌柜的似的，坐炕上就吃。

有天中午，商量好吃炒面。我们一起炮制了一锅有肉有菜香喷喷的炒面，刚出锅，就有人敲门。来者是我姐，她去做出国体检，地方离我家不远，过来赶中午饭。那时候家里都没电话，兴碰运气，赶上了欢喜，赶不上也不郁闷。第二锅炒面，没肉有菜，放了香菇和海米充当荤腥。正要吃，又有人敲门。是从天津来的朋友，这个朋友带着他的朋友下了火车就奔我家，路上拍了胸脯跟人打包票说，人在饭在。接着炮制第三锅，没菜，海米也没了，香菇木耳鸡蛋榨菜一齐招呼，起锅前放上大蒜淋上香油，也有滋有味。第三锅炒着，我支棱着耳朵听门外动静，若是再有人敲门，连挂面都没了。

大约十年前，我请五六个朋友来家吃饭。七荤八素地招呼完了，正洗碗，有人敲门，原本说有事不来的一个女友，加完班饿着肚子来了。于是用剩米饭加虾仁和鸡蛋，做了一盘扬州炒饭，配的是干贝紫菜汤。她正吃着，又有人敲门，进来一对小夫妻，说月底了，家里方便面都吃没了，更没钱下馆子，过来蹭饭。我麻溜地又起炉灶，从柜子里翻出一包意大利面，牛肉末、洋葱、蘑菇、番茄酱，一刻钟后两大盘意面端上桌来，顺带又招呼了两碗奶油蘑菇汤。

值得一书的，是更久远的一个故事。那时在杂志社上班，每天骑车上下班，单程五十分钟。饥肠辘辘往家走的途中，最大的乐趣是琢磨晚上的吃食。有个冬天，下着雪，我在雪地里七歪八拧地挣扎搏斗，回家的路程足足用了一个半小时。进了门，正发愁家里弹尽粮绝，跟着我身后闪进两条人影。两个骑了小二十里地的哥们儿，说顺路过来蹭饭。于是大家一起开动脑筋想辙。一哥们儿二话不说突然冲出门去，几分钟后举着一棵大白菜进屋，说，楼下顺的，赶明儿你买了给人还回去啊。

我用这棵大白菜，炮制了三菜一汤。凉拌菜心：白菜心切丝，花椒和辣椒炸油倒入，加少许盐、糖和醋；烂糊肉丝：这是一道上海菜，也叫白菜烂肉丝，家传，我的拿手菜，但那天没肉，我命名为“白菜没肉丝”将白菜丝炖得烂烂的，放淀粉勾芡，起锅后加麻油和白胡椒粉；醋熘大白菜：最家常，也最下饭的菜；海米白菜汤：起油锅，炝葱花，下入白菜和海米。记不得谁告诉我的，如果白菜汤里放几片生姜，做出的汤就恍若肉汤。

至今还记得那天吃饭的情形：窗外，白雪飘飘，屋内，三个人盘腿坐在我九平方米小屋的地铺上，就着一锅白米饭，吃得满脸流油。

偷菜的哥们儿说：要是再来瓶小二，就更圆满了！

火腿事件

同学晓丽在网上打招呼，说刚有人送了她一整条金华火腿，她不会吃，想起我这个半拉南方人，又爱做饭，准备转送予我。“不要！”我跟猫被踩了尾巴似的叫。

一整条金华火腿是什么概念？搁早先困难年间，在上海，被称为“一挺机关枪”，扛这么一挺枪上门拜见准岳父岳母，撂谁谁倒，十有八九能顺利把人家姑娘领走变成自己媳妇儿。无火腿不成席的江浙人对火腿的欢喜无须言表，现在生活富裕了，火腿随处可见，但是对于生活在北方的南方人来说，仍然是个稀罕物件儿。

记得十来年前，有一次我去菜场买菜，见店家壮汉正高举斧头奋力地将一条火腿大卸八块，我激动地扑上前去，扒拉出一块方方正正连皮带骨的，高喊：我要这块儿！边上一位瘦了吧唧的南方男人说：啊呀，小妹妹，这是我家里的，请人家帮忙拆分一下，不卖的！在围观者的哄笑声中我羞愧而逃。

如此钟爱火腿的我，为什么要拒绝同学的美意呢？说起来实在是“皮裤套棉裤，必定有缘故”啊！

一年前的春节，我和王老师的一位客户好友，来电话说从云南空运了一条火腿过来，并且一再强调是用他们自己农场养的山猪腌制而成，极其美味。火腿快递到猫爸的公司，猫爸恰巧出差在外，我开车去取。经过细心包扎的火腿个头大而沉重，我艰难地拖着它在幽暗的地下车库行走，感觉像个碎尸案的女杀手。

接下来就是跟王老师商量如何处置这东西。云南的朋友说，他们腌制的火腿没有完全干燥，要赶紧切开放入冰箱，否则会坏掉。王老师说：好办，咱们去买把好使的锯，我两下就搞定。我们于是去了附近的一家大超市。

大大小小型号种类不同的锯摆了好几个货架子，我们瞬时就被搞晕了。正在挨个摆弄的时候，来了一个女导购，温和地问我们准备派什么用场。王老师一时语塞，问我：干什么使啊？我欲言又止吞吞吐吐地说：随便锯点儿东西……不用麻烦你我们自己看就成。我把王老师拉到角落里小声说：总不能说锯骨头锯肉吧，别问了，咱挑个差不多的得了。

我们俩在锯的大小问题上产生了矛盾。一向抠门的王老师坚持买小的我则要大的，我说：你这个锯小腿可以锯大腿肯定费劲，我敢保证根本锯不动大腿骨！王老师说：动手的是我，我比你有概念，你买那么大一个，锯完这次就不用了，放哪儿都占地方。我拍着自己的大腿说：你想想，大腿的骨头多粗多硬啊，只能买大不能买小！我们本来刻意压低的嗓门随着情绪的激动而逐渐加大，当我们突然意识到环境险恶时，同时止住声音，心虚地四下观望。

我和王老师终于带着协商好的一把锯回到我家。两个人分别系上围裙开干。他在凳子上铺好报纸，搬出火腿，一只脚跷在凳子上，唰唰地锯起来，几锯下去，肉星四溅，随即听到骨头开裂的声音，没有干透的火腿，渐渐有血渍渗出。我们谁都没有说话，一个玩命地锯，一个闷头往密封袋里放。

终于，一条火腿锯完了。王老师气喘吁吁地扔下锯，面色由红转白，我则浑身的燥热变为冷汗。哆嗦着收拾了地上的碎骨头血沫子之后，我彻底颓了。

被肢解了的火腿，放在我冰箱的一个抽屉里，每次我打开冰箱门，目光触及那个位置，脑海里都自动翻篇回放那个血腥的傍晚。甚至在一段时间内，见到的王老师，手上似乎都是拎着锯的。

火腿只出现在我家餐桌一次。猫爸见我和王老师的筷子始终绕着火腿走，不由得疑心重重。于是我们俩将锯火腿的故事和盘托出。我们的讲述从你一言我一语到争先恐后添油加醋，猫爸听得从大笑微笑到不笑，手中的筷子也开始一再绕过那盘火腿。

一个月黑风高夜，我毅然决然地拖着沉重的大黑垃圾袋，把火腿们丢进了垃圾桶。记得我鬼鬼祟祟地出门时，一再四处张望，确信没人才挪步。走过门口的小路，背后突然冒出一个男人声“你好”，瞬时间我魂飞魄散两腿发软，回头看是骑车巡逻的保安微笑着跟我打招呼。

这天之后我连续做过多次噩梦，内容相似，自己有时是罪犯，有时是受害者，情节极其恐怖，可见火腿事件在我心灵留下的阴影和创伤。

希望云南的朋友看不到此文，否则人家心灵留下的阴影和创伤，也难以估量。

大姑夫的厨房

我虽然一直以纯正北京人自居，但身体里的上海血统似乎不容回避。一个做片儿警的朋友跟我说，籍贯的正确解读就是父亲的出生地。我父亲籍贯苏州，但他出生在上海，到我这儿明摆着没的选择了。

即便对上海的籍贯有百般微词，但我始终承认，我对美食的认识缘于上海，或者说我的味蕾是在上海绽放的。十四岁时我第一次去上海，在姑姑家住了一年，我的两个姑夫都擅长烹饪，他们无论谁做的每一道菜都令我胃扉大开，每每嘴里起劲吃着，心里就有一朵朵快乐的小花在盛开。

我的大姑夫是个真正的美食家。他厨房的炉灶上，永远煲着一锅鸡汤，这是他做菜的高汤，也是我厨房启蒙的第一课。我特别喜欢看他在厨房潜心做菜的样子，干净的围裙，清爽的灶台，精致的碟碗，摆放有序的调料，气定神闲的仪态。开饭前的时光总是既幸福又难耐，我一趟趟光顾厨房，既为欣赏大姑夫享受做饭的样子，还为探寻再有多久能把满屋的香味吃进嘴里。

几年前的一个冬天，八十岁的大姑夫只身一人来北京游玩，说是玩，其实大部分时间都待在家里，基本上可以说，他不在我爹家的厨房里，就在来我家厨房的路上。

我极少偶像崇拜，但大姑夫往我家厨房一站，我就知道什么叫崇拜了。平日傲立于厨房的我，此时弓腰塌背颠儿颠儿地伺候左右，系围裙，拿碟拿碗递油瓶糖罐，而且心甘情愿，满心欢喜。但实际上，大姑夫需要我做的，就是为他挑选一张歌剧或者交响乐的 CD，他似乎更乐于一个人安静地占有整个厨房。大姑夫在北京的日子，我甚至更为享受开饭前的这段时光，厨房里，没有任何噼里啪啦的爆油声和锅勺叮咣相撞的声响，厨房外，我在缥缥缈缈的肉香气和波切利的歌声中摆放碗筷、酒杯和餐巾纸，像小时候在上海他家中一样，对即将到来的晚餐充满了期待。

大姑夫不食韭菜、香菜、大蒜等味道浓烈的菜肴和佐料，餐桌上也从不出现下水一类的荤食，最普通家常的鱼肉蛋菜，因为他刀工、用料、火候每一道工序上的精细和讲究，而体现出丰盈的滋味。我们全家尤以我爹最爱大姑夫做的一道“腐乳肉”，炖肉时只加南乳汁和黄酒，不放一滴水，以砂锅小火慢煨，吃的时候能感觉到酥糯的肉在嘴里微微地跳动，瘦肉不硬不柴，肥肉不腻不烂，就着一碗白米饭，幸福的滋味源远流长。

大姑夫是真正的上海老克勒，生活讲究，文才俱佳，不仅善吃，也会玩，写一手好字，打一手好桥牌，从他身上，我懂得了菜也如其人。大姑夫的菜，同他的人一样是有气质的，那是一种历经锤炼的老到与恰到好处的从容。我对比了自己三十年间的吃后感，发现年长之后，味觉的层次感与持久性远胜于胃口强健的少年时代，看来吃饭同情感一样，只有到了一定的年龄，你才会品尝到一种将繁复归为简单的曼妙滋味。

我能成为一个热爱厨房的人，与年少时的上海生活尤其是大姑夫的熏陶有绝对的关系，我甚至觉得多年来如此迷恋深夜厨房，就是为了寻找大姑夫厨房里的那份安静与专注。尽管我的手艺也时常被家人和朋友点赞，但我心里知道，比起大姑夫，我始终自愧弗如，仅是那道“腐乳肉”，我就无论如何难以原味重现。

超越不了经典，索性就创新吧。如今我的“深夜红烧肉”在朋友圈里也算是经典菜式了，为了照顾不食肥肉的吃客，我将五花肉与小排骨一同烧制，一瓶黄酒再加上几粒云南的雕梅，肉香之外还点缀了些许梅子的酸甜与清香，佐酒配饭两相宜。让我这厨娘心里最熨帖的就是，每次请客，只要这道菜出场，必然要在最后掀起一个“蜜汁拌饭”的小高潮，那时的情景堪称壮观，无论男女，都把长肉的恐惧抛之脑后，纷纷起身争抢盘子里不多的肉汁，用勺子呱唧呱唧搅拌之后，大快朵颐。

最近一次请客，贪吃的女友徐祁半夜回到家中，向我致谢时写道：红烧肉里不光吃出了上海的味道，还有主人的独创精神，肥而不腻，在嘴巴里蹦跶蹦跶，蜜香和酒香都在。

我得意之余，没有忘记在心里默默地向上海的大姑夫致敬。

粗话

小时候玩过家家，我姐姐总是摆弄针筒听诊器之类的玩意儿，五六岁的时候她给上海来的堂哥看病，煞有介事地说：你拉红屎冒白烟得重病啦，长大后她果然学了医。我哥哥整天鼓捣小昆虫小动物，养过蚂蚁蛐蛐蚂蚱各种鼠以至于可怕的蛇，后来他学了运动生理，在不同的国家折腾小白鼠写论文。我自己童年时期最喜欢的一套玩具就是炊具和餐具，每天一睁眼就想“今日菜谱”，然后比画制作各种吃食，可惜的是我没有成为一名厨师。

最近看了一本书《厨房里的人类学家》，作者庄祖宜是个台湾女子，美国哥伦比亚大学人类学硕士毕业生，她在就读博士期间突发奇想，放下博士论文，进入厨艺学校学起了心仪的烹饪，从此开始了职业厨师的生涯。这个真性情的俏皮女厨师笔下的每一则小故事都非常有趣，其中有一篇叫作“粗话训练班”，说她从小就不忌讳粗话，与小朋友过家家时总喜欢扮男人说“他妈的”“操”和“蛋”之类，身边的家长也从来不阻止孩子们的游戏，因为他们知道字面的含义与内心情感无须对应。爱说粗话的女孩子长大之后不但没有变得粗野，反而有了免疫力，并且认为在适当的场合讲难听的话可以拉近人与人之间的距离。

作者之所以专门用一个章节谈粗话，是因为在厨房里，厨师们的粗言粗语是出了名的，一旦有状况发生，很自然地就会蹦出 F 开头的词，尤其是大厨。想进入这个行业，首先得练就厚脸皮和粗神经。可爱的作者说：这或许也是为什么我对厨房的工作从一开始就感觉很合适吧。

看到这里我更为自己没有成为厨师而遗憾，因为即便从这个角度，我也极其适合这个职业。

我从小是被保姆带大的。那时我爹劳动改造去了外地，我那当校长的娘先是被批倒批臭，后来恢复工作一头扎在学校里。我家的保姆是个来自河北农村的妇女，五十多岁，我们叫她大妈。大妈年轻守寡，脾气暴躁，是我们大院里有名的惹不起。大妈对我们疼爱有加，跟对自个儿孩子一样，在家张口便骂抬手便打，出门护犊子，遇到招惹到我们的泼皮或者跟她不对付的人，什么难听话都往外拽。

我是个倒霉蛋。农村人重男轻女，我哥占了性别优势不说，偏偏还长得漂亮，高鼻梁大眼睛一头浓密的黑发，我呢，龇牙咧嘴秃脑壳，跟他站一块堆儿活脱脱一个螳螂一个蚂蚱。大妈顺气的时候叨叨：你妈也是的，好不秧的非生这么一个丫头片子出来！不顺气的时候也叨叨：臭丫头片子还不少吃，整个一赔钱货！

大妈从小教育我，说你要是看谁不顺眼，尤其是遇到浑蛋王八蛋，就远远儿地瞪着他，走近了往地上呸地这么吐一口痰，不解气就再踩一脚，跟着一句“杂种操的”，齐活儿！她说呸的时候不是单音节，而是脑腔胸腔腹腔一起共鸣发出的泼欸呸，如雷贯耳，回声悠长。

我爹妈从没为大妈的粗口而教育或者告诫过我们，我们也在成长中自然而然地屏蔽了这些鲜活的词汇。但毕竟有那么多年的耳濡目染，我发现，小时候经常为大妈的粗口而蒙羞，长大了却觉得表达感情还是粗话来得过瘾，无论是爱之深还是恨之切。当然，对我而言，也只是心中的憧憬而已。

历史上我的粗话也仅限于“你丫”“妈的”“屁”“蛋”“滚”这个级别。

这让我偶尔觉得憋屈。

大俗菜

有一天饿着肚子去逛超市，忍不住买了个天福号酱肘子。当晚自己喝小酒，忍不住切了两块吃，怕长肥肉，忍住了没敢多吃。第二天中午看到剩下的一大块，就伙同半个卷心菜、煸了两根干辣椒、大蒜瓣给炒了，不承想，味道还真不错。

王老师来吃饭，大呼好吃，拌着白米饭吃了大半盘，然后吧唧着油嘴说：以后你接客的时候别总想着做什么大菜，甭跟外面那些中看不中吃的学，这种大俗菜其实特受欢迎，架不住香啊！

他说这话，是因为每次我家来客，设计菜谱的时候，我一心想走高精尖路线，却总嫌自己高不上去精不起来。我对王老师说：得嘞，以后我就坚定大俗菜的路子了！

这些年流行中餐西化，有不少高档中餐厅，把菜式搞得像西餐一样有型有款有意境，让人看着就啧啧赞叹不忍下手下嘴。看到别人在家请客的菜式，照出的照片像艺术品一样美轮美奂，我就百爪挠心，羡慕嫉妒恨，五味杂陈，心中暗自较劲。王老师的一席话，既宽了我的心，又让我下了台阶。

一个资深的营养学家在一篇评论文章中写道：成为一个让人尊敬的厨师，最重要的是他能将自身的思想表现在料理上。虽然人家说的是那种星级馆子的真正大厨，但从我这个家庭厨师的角度看，也很认同。深挖我大俗菜底子的思想根源，首先必要说到家庭的影响。

我们家在吃饭问题上有不良家风，饭菜上桌，风卷残云，现在想想，这其实就是我今天只能走大俗菜路线的根本原因。

首先，最直接地导致了我从小缺乏大志向。小学时写作文说想当个副食店的售货员，真实动机是可以走后门往家里顺排骨；情窦初开后幻想嫁个“吃饭特别香的男人”，以至于成年后我在厨房所有的努力，就是为了让饭桌上的人吃得放不下筷子。一个把吃得“快”和“香”作为至高追求的厨子，怎能做得出高雅写意的菜式呢？

其次，强势的家族基因，让我从担任家庭厨子的第一天开始，最大的满足就是看人吃饭香。香的表现形式势必就是吃得快、吃得多，最好吃的时候发出情不自禁的哼哼声，吃完了抚着肚子给裤腰带松扣。我常听别的家庭厨子抱怨说，在家给别人做完饭就失了自己的胃口,这种情形于我从未发生过,倒是往往因为我上桌晚,要用更快的速度把失去的损失夺回来。

虽然偶尔间我会在本性和面子之间挣扎一下，但更多的时候本性占据上风，因为我在心里已经认定，一个吃饭又快又香的人，是热爱生活、身体健康、性情快活、心思坦荡的人。多年来我家的饭桌上固定的食客都是这等吃趣相投的人，至于那些一边喊要减肥一边用肉汤拌着米饭呼噜噜吃下去一大碗的，则被我视为挚爱。

说时迟那时快

二〇一二年夏天，北京著名的七月大雨过后，我爹发来短信：你那草上飞的娘把脚扭伤了，望抽时间慰问。我赶紧打电话过去，我娘说：早上我去遛狗，乖乖在前面跑得飞快，结果，啊呀，突然遇到两棵倒下的树，乖乖唰唰地跳过去了，我来不及多想也唰唰地跳了过去，连着跳过了两棵树啊，只是扭了一点点，都不影响走路……我半晌无语，说：您八十有三了好不好，您还真当自己是草上飞啊！

放下电话，我脑海里出现我娘连续跨栏的画面，旁边还有六字配文：说时迟那时快。“说时迟，那时快，武松见大虫扑来，只一闪，闪在大虫背后”，武松不过是闪开而已，我娘是跨越障碍，比武松还厉害。

作为江湖名人草上飞的后代，我也秉承了我娘行动敏捷的特性，年轻时在学校运动会上屡建奇功，长大后粗活重活从不推让。其实手脚麻利，不光是手上和腿脚的功夫，还得是脑子反应快，三者缺一不可。这么想想，我突然就有了跟我娘一样的炫耀之心。

小时候我在上海逗留的一年里，曾经有个本事在弄堂里很出名：扑克牌二十四分高手。此游戏的规则是对阵的两人各自按顺序抽出两张牌，比谁先用四张牌以加减乘除算出二十四分来，算出来不说话，拍桌子，输了的把牌都收走，最后手里没牌的人获胜。我痴迷这个游戏到了废寝忘食的地步，每天拍得手掌通红，夜里做梦都在挥手拍床。记得当时我打遍了整个弄堂，每天被人前呼后拥地跟不服者打擂台，赢了奶油大冰砖与男女粉丝们共享。

我的制胜法宝并非是数学多么好，而是刚才说的那六个字。四张牌一放下，说时迟那时快，我看都不看先把桌子拍了，然后，把四张牌挨个拿起来，再一张张放下，清清嗓子，哼哼唧唧地说：这都没看出来啊，多简单啊，你看哈，是这个样子的……手里嘴里拖延着时间，脑子则飞快地把各种可能组合一遍，并在有效时间内说出答案。即便遇上根本算不出的难题，按游戏规则，罚牌四张，也依然胜算。

年长之后，尤其是近十年里，身为一名服务于人的茶水，我靠当年二十四分的底子也算混得吃喝不愁。当然，我的手脚利索脑子灵活，主要体现在厨房里，茶水嘛。比如说吧，我能用冰箱里现有的材料，半个小时里完成三菜一汤，方式与当年的拍桌子异曲同工。

举个简单的例子。我做西红柿炒鸡蛋的顺序是这样的：放上炒锅，开火，热锅的同时，冰箱里取出鸡蛋和西红柿，打蛋，然后倒油，炒鸡蛋，盛出，再倒油，小火热油的同时洗切西红柿并逐一放入锅中，在往外挑拣西红柿皮（我个人的习惯）的时候，脑子里构思下一个菜。时间充裕肚子也没那么饿的时候，我还会在炒菜的当口，把洗好的衣服从洗衣机挪到烘干机中，把大门口的花儿浇了，或者拿猫粮出门把外面等饭的流浪猫喂了。

跟我娘爱显摆她草上飞的本事一样，我也喜欢在客人面前嘚瑟我的说时迟那时快。吃饭的人乌泱泱地到齐了，我还赖在客厅里喝酒聊天，厨房里一片寂静。人声鼎沸之时，我闪身离开，从冰箱里拿出事先洗好切好的一个个小袋子，点火开炒，与此同时，加热砂锅里前一晚已经炖好的硬菜们，半个小时之后，宣布开饭。

如同我草上飞的娘会慌不择路扭了脚，我的说时迟那时快也常乱中出错。油崩了脸刀切了手于我是家常便饭，锅盖砸脚甚至摔倒在厨房的事情也不止一次地发生过。我怀揣着一颗职业茶水的平常心，深谙人前显贵人后受罪以及有得必有失的朴素道理。

好比当年，我凭借自己的智勇双全打遍弄堂无敌手，也架不住在冰砖和掌声的背后，有人咬牙切齿地说：那小北京，赖皮得很！

流水席

一

跟往年一样，天一转凉，我就开始盘算十月底的生日大事，茶余饭后跟猫爸提了几次都是有声无响，只好明火执仗地问了：你说，准备怎么着吧？猫爸低头看着手机，揪着脸上根本不存在的胡楂儿，哼唧道：你说怎么着就怎么着吧。见我急眼，他才抬起头，目光游离地说：外面也没啥好吃的吧？我真急眼了：第一，别想让我做饭；第二，过生日，难道就只有吃吗？

转天晚上，饭后喝茶时，猫爸突然说：我有一好主意，咱们俩出去玩吧，去个安静的地方。我吓一跳，问：不会是去马尔代夫吧？十一长假期间，我嫂子带着儿子，伙同几个有孩子的朋友去了马尔代夫，猫爸有听风就是雨的毛病，所以我这么猜测。果然，他没说话，眨巴着眼睛看我。

我提高音量：你没听说中国人不适合去马尔代夫吗？尤其是结婚多年的夫妻，到了那里，没话说，没饭吃，没熟人，没 Wi-Fi，就只剩跳海了。猫爸浑身打个激灵，坚决地说：不去，这么重要的日子，怎么也得跟亲友团一起过，你说是吧？

几天之后，猫爸下班回家，兴奋地说：我想好了，今年生日，我做饭给你和大家吃。这次轮到我打激灵了，迅速在心里想了一下马尔代夫。猫爸说：我还想好了，你生日不是周一吗？咱们流水席，吃三天，周六请美丽和倩倩来家包饺子，周日我上，你正日子那天我请大家出去吃西餐，怎么样，够隆重吧？

我权衡了一下，觉得这个安排甚是妥当，周六算是热身，周日万一以失败告终，后面还有的弥补。见我眉开眼笑地答应了，猫爸说：嘁，以为你多有情调呢，说半天不还是落到吃上吗！

我的两个闺蜜美丽和倩倩接到通知后，一致拥护猫爸的决定，并格外重视，提前一周就要求开筹备会，确定菜谱和分工。包饺子对她们而言早已驾轻就熟，关键是猫爸当主厨，比白娘子的千年等一回强不到哪儿去，一步没有到位就有可能打回原形。她们非常清楚，猫爸敢拍胸脯子说大话，就是因为有她们这俩职业外援。美丽说：我算了一下，出席生日宴的一共十二个人，猫爸一人抡勺实在有点儿残酷，不如除寿星之外我们每人出一道菜。

我爹打来电话，问：生日饭地方定了没有？话音还没落，我就听见我娘在一边唱和声似的大嗓门：让他请让他请你别留情找个高级地方！我告知猫爸上灶的决定，我爹停顿了数秒说：这个嘛，是不是不够精彩啊？我说：无法预计结果就是最大的精彩，你和我妈也要出一个菜，赶紧商量去吧。放下电话，我能想见我爹沮丧的心情，没馆子吃不说，还得费脑子花气力做菜，亏了。

二

周六中午刚过，美丽和倩倩就拎着大包小裹地到了。倩倩买了饺子所需的全部馅料，她打算包猪肉白菜馅、鸡蛋韭菜小白菜素馅以及猪肉玉米胡萝卜馅三种饺子，美丽准备了做乌鸡汤、百叶包的食材，并在早市上买到了新鲜的南方菜草头、水芹菜和芦蒿。二人撂下东西就张罗开会，说她们在来的路上有了新想法，周日的风光还是应该让给猫爸一个人，她们全力配合打下手。美丽拍着猫爸的肩膀说：放心好了，到时候你中午先去拿个觉，下午四点起床，我们已经洗好切好准备好，你直接上灶台，点火炒菜！猫爸又激动又担忧地说：那多不合适，万一我一觉睡到饭点儿就麻烦了。

此时我已经接到我爹的通告，说他正在炮制拿手绝活八宝鸭。下午四点，猫爸主厨的菜式基本确定，主菜是糖醋黄鱼和葱姜炒蟹，四个素菜，两个冷盘，加上我爹的鸭子和美丽的一菜一汤，正好是十菜一汤。王老师在尘埃落定后适时出现，看完了菜单，松口气说：怎么没有我的回锅肉呢？那就算了吧，这日子口我太抢风头也不合适。这之前他一直嚷嚷说，要做一道研究了很久的回锅肉，而且发誓要惊艳到让一桌子荤素花容失色。

筹备会的高潮是对我这个寿星佬的处置决定。他们四人一致表示，周日当天，我不得染指厨房，除了干活，躺着卧着随便，王老师说最好照着《我爱我家》里宋丹丹说的有钱人那样，“早晨起来，先喝一大碗香油，然后吐了，那叫漱口……我们根本就不起来！”在他们的笑声中，我这个祥林嫂内心满是惆怅。

三

周日上午，我在寂静中醒来，没用香油漱口，起了床。猫爸一早就跟美丽出门采购，临近中午带着两条黄鱼和一百枝鲜花进门，倩倩则一趟又一趟地奔波在去小区超市的路上。那时候我还没有想到，这天的生日晚餐，有那么多的没想到。猫爸没有想到，他十年来头一回下厨表演就得了七个满堂彩返了八回场；食客们没有想到，晚饭居然按点儿吃上了而且有凉有热有荤有素有滋有味；我爹我娘没想到，女儿在沙发上躺着家里也有饭吃……我没想到的是，一天没干什么，却比干了一天还累。

猫爸在一片咀嚼声中，情绪激动，胃口全无。我问他是不是满心满胃都被兴奋感填满了，他说是啊，看你们吃得哇哇的比我自己吃还高兴，感觉境界噌噌地就上去了，我觉得你当个茶水还真挺幸福的。我咽下了已经冲到嗓子眼的两句话：没有这俩外援你试试？天天如此你试试？我努力做出幸福小女人状，竭尽深情地看着他。此时他依旧系着围裙，而且直到吃完饭喝完茶，众人挥手告别离开，围裙都不曾下身。

第二天，我的正日子，流水席的第三天。在一家高级西班牙餐馆里，我们一干朋友围坐在昏暗得看不清人脸的桌子四周，嘴里吃着海鲜盘和龙虾饭，说的还是昨晚的糖醋黄鱼和葱姜炒蟹。我见猫爸面带慈父般的微笑依然没有胃口，便问他：难不成还沉浸在成功的喜悦之中？猫爸说：还真是，我跟昨天似的看你们吃得香，自己不吃都高兴。美丽说：我看他是被昨天的鲜花和掌声架得高高的一时半会儿落不下来了。王老师问：你现在特想做回普通人吧？

猫爸沉吟了片刻，转头跟我说：要不咱们形成制度得了，以后每年你生日我都下厨。半晌无人接话，大家似乎都在全力对付眼前的食物，一时间，只有刀叉撞击盘子的声音。

晚上九点，来餐厅吃饭的老外还在往里走，我们已经擦嘴起身，流水席的最后一餐结束了。屋里黑，外边冷，一行人在带着寒意的秋风中默默告别，脸上说不清是惆怅还是疲惫。

王老师说：瞧这顿流水席吃的，跟散伙饭似的。

续

我一年三百六十五天起码要下三百天的厨，从没被人写文章赞美过，猫爸十几个三百六十五天加起来，就挥过这么一天铲，却享受了海内外亲友团无数次口头表扬，外加我的书面溢美，可见除了世道不公，我也活该自作自受。

似乎猫爸的围裙没摘下几天，一年的时间就过去了，又到了我的生日。有了上一年的成功表演，这一年还没到十月，猫爸就底气十足地说：你生日还是我来下厨吧，你尽管吃现成的，咱照旧流水席，第一天预热吃，第二天我上灶，第三天你挑餐馆我请客。

我跟我爹我娘宣布流水席计划时，我娘拍着巴掌说：好啊好啊，去年他的黄鱼烧得真不错！我爹撇嘴：说起来是他做，受累的还不是打下手的！我娘嘴撇得更厉害：你做一次试试，我们甘愿受累打下手！

流水席的第一天是周五的晚餐，预热吃大闸蟹，猫爸一边抿着黄酒啧啧地吃蟹，一边跟他的合作团队美丽和倩倩商议菜谱，此时厨房炉灶上正炖着鸡汤、酱牛肉和笋烧肉，奉行着寿星只能吃不能干的明文规定，我悄无声息地一次次潜入厨房，轮番往三口锅里添加作料，跟犯罪投毒似的。

猫爸在满屋的肉香中志得意满地说：其实我一点儿也不怵做饭，小时候我爸妈上班忙，我经常自己烧菜，这些年没机会操练武功都废了。说话间隙还幽怨地看着我。两个螃蟹下肚，他又说：唉，说来说去这菜谱基本都是你的拿手菜，我只能模仿难以超越，不行，我必须要创新。我巴结着说：这么多螃蟹咱也吃不完，不如你做个蟹粉狮子头吧，这种细致的功夫菜也就你能做了。猫爸说：好啊没问题，咱们索性再来一道蟹粉豆腐！

美丽和倩倩立刻放弃吃喝开始拆螃蟹，猫爸打开电脑上百度搜索打印菜谱，并部署了第二天实施八菜一汤的行动计划。深夜三点，厨师长的两位女助手打着哈欠将满满一碗蟹肉放入冰箱，猫爸两眼冒着兴奋的绿光将菜谱固定在冰箱门上，语调夸张地对我说：明天你只需做一件事，就是睡到自然醒。

我心绪复杂地上床睡觉，不省人事前想的一个问题是：被恶捧的滋味虽不好受，但是好歹总算当了一回主角，一天顶三百六十四天，也值了！

流水席第二天，临近中午，我在各种肉香之中醒来，幸福地下楼，像检阅三军仪仗队一般视察了忙碌的厨房。王老师在完成了插花任务之后宣布要加一道去年没做上的回锅肉，跟猫爸的江南菜系打擂台。众人将我逐出欢声笑语的厨房重地，我转了三圈之后寂寥地蹲到三个猫砂盆前铲猫屎。

傍晚时分我娘带着一个坏消息进屋：你爹说他腿痛加重，不能过来吃饭了！她宣布完，把我拉到一边，愤愤地说：这个人真不怎么样，女婿难得下一次厨，换了我，爬也爬过来了！我赶紧好言安慰，说没关系，一会儿我把饭菜打包送过去。

晚餐开始前我去给我爹送外卖。老爷子一人在家正看广州恒大与韩国队的足球比赛，见到我先赞赏了今天的球赛，说还真有点儿意思，然后解释说，一来腿疼走路不便，二来自己状态不好，不想让众人的欢乐打折扣，并再三让我转达对猫爸的歉意，对我的生日只字未提。

七点钟，厨房战事终于尘埃落定，喧嚣声转移到客厅的餐桌上。亲友们围坐在八菜一汤的周围，频频举杯，庆贺猫爸圆满完成厨艺表演，随后逐一品尝每一道菜肴，啧啧称赞。酒过三巡，我拣了个没人说话的空当，小心翼翼地问：现在可以祝我生日快乐了吧？众人猛醒般看着我，七嘴八舌说：哎哟，忘不了，瞧把你给急的！

流水席的第三天，去了我喜欢的一家西餐馆。在音乐声中吃着美味海鲜，宾主的思绪又拉回到我家的厨房，赞叹家庭生日宴的味道丝毫不输名厨料理的馆子，猫爸举杯感谢他的合作伙伴们，掷地有声地说，明年还要继续开发新菜式。

我在饭局接近尾声时提议为流水席胜利结束干一杯，并感谢大家为了我的生日吃得这么辛苦，众人再次猛醒般看着我，说：对对对，还要祝你生日快乐呢！

这几日重读比尔·比福德的《后厨机密》，欣喜地发现我的转变是有大师撑腰的，他书中的第一句话就是：人类根本是一只用来装食物的袋子，其他的功能和技能或许比较神圣，可是过了一阵子，这些就变得次要了。

一生一世——吃饭大事

二〇一三年的最后一个夜晚，忙过一家人的晚饭和茶点，收拾好各种家伙什儿，喝完酒逗过猫，躺下时已是二〇一四年的凌晨四点，睁眼已近十二点，暗叫不好，顾不上洗脸，飞奔下楼冲进厨房。中午我爹我娘与哥嫂一家过来吃饭，我盘算好了做两种面，老爹爱吃的上海葱油面、嫂子喜欢的四川担担面，再来一盘清炒鸡毛菜和一盘虾仁炒蛋。我手脚并用，不出一个小时，家人进屋，桌上已经摆好了面、卤和菜，我这厨娘兼跑堂的看众人吃得情绪高涨，又煮了一锅鲜肉汤圆，权当溜缝儿了。

这是一三一四跨年的第一顿饭，也是我日常生活的缩影。

每天认真做饭，至少三菜一汤，周末家人小聚，常规人数八个，每月朋友圈中聚一到两次，一般饭桌上不少于十人，十五人以上的大聚，怎么着两个月也得轮上一回。凝神细想，全然搞不清楚，我从前热爱的泡吧扫饭馆的生活，结束于何年何月。如此这般，吃饭大事于我而言，变成了做饭大事。

直接享受我华丽转身后胜利果实的，是每天跟我一起吃饭的猫爸和王老师。这两个馋嘴的挑剔之人，不但用越来越快的吃饭速度和越来越大的吃饭声音表达对我厨艺的肯定，还时常在饭桌上探讨有关吃喝的理论，帮我上档次。比如王老师总结概括说，n＋1个菜是饭桌上最合适的菜量，n指的是人数，两个人吃饭，三个菜最佳，如果我们三个人吃饭，四个菜合适，如果五个人吃饭，可以有六个菜，但超过八个人，就不宜一味增加数量，因为过多的菜式会让人陷入选择障碍中，味觉分散，反而减损了吃饭的快感，像吃婚宴了。猫爸相比王老师更注重实战，如果某天我的晚餐只有n而没有＋1，他会在深夜一点半从床上爬起来，在屋里转上三圈之后，叨叨说觉得缺了点儿什么，炒一盘青菜如何？他知道我这厨娘一定会颠颠地在十分钟后端上一盘炝炒小油菜或者醋熘大白菜。猫爸是绝不肯空腹入睡的，很多个夜晚，我们在饱餐一顿又喝了一连串的大红袍铁观音生普洱之后，会倒上两杯红酒或者威士忌，端上一盘他热爱的西班牙火腿，然后带着微醺入梦。

我的小侄子，周末跟我们一起看完夜场电影，很自然地跟着他爹回到我家，坐等我下厨，享用一碗青菜肉丝面后回爷爷奶奶家睡觉。我爹跟我说，这小子从不表示对奶奶饭菜的不满，而是在中饭过后貌似不经意地问：我们晚饭是到小姑姑家吃吧？这是他对你最大的赞赏。

我的圈中好友，个个酒囊饭袋，对我的定期家宴与自己强壮的胃口满怀赞赏，并因此对晚年生活充满期待与畅想。

此刻，回顾了一年之中若干吃饭大事的片段之后，我非常想闹明白，我是怎样一步一步作茧自缚把自己困在厨房中的。

出身于贪嘴之家，又不慎结交了一众饕餮之友，且圈中闺蜜皆爱厨房胜过爱书房，都是重要的外因，而最根本的内因，是我自己。

爱上厨房，并以饱他人口腹之欲为乐事，于我是一种自然的转变。年轻时的鸿鹄大志与好高骛远带来的迷惑与空虚，忽然在厨房的油烟和饭桌上的咀嚼声中尘埃落定，无论是在静悄悄的深夜厨房里随心所欲地炮制吃食，还是在食客们饥渴的等待中变魔术般地制造快餐，都让我无处安放的心踏实下来，带给我实实在在的幸福感，这或许正是我人生转折的曼妙所在吧。

这几日重读比尔·比福德的《后厨机密》，欣喜地发现我的转变是有大师撑腰的，他书中的第一句话就是：人类根本是一只用来装食物的袋子，其他的功能和技能或许比较神圣，可是过了一阵子，这些就变得次要了。

这个曾经的《纽约客》资深编辑，在和一位名叫马利欧的意大利厨神吃了一顿饭之后，幡然醒悟到下厨的男人才是真男人，于是辞掉工作，跑到意大利追寻成为顶尖厨师的奥秘，并且身陷其中不能自拔，他说：学习厨房的知识，只是为了让自己活得更像个人。

这让我觉得很踏实，并沾沾自喜地认定，我将自己定格在厨房，把做饭大事当成一生一世的大事，不但没让自己身陷囹圄，反而是获得了某种解放呢！

深夜厨房

午夜十二点，我家除我之外的人和猫都已进入梦乡，我钻进厨房，开一瓶红酒，切一小盘奶酪，吃着喝着，搬出沉重的铸铁锅，拿出冷藏室已经解冻的猪手和牛肉，开始炮制第二天聚餐的两道硬菜：南乳猪手和秘制牛肉。随后的三个小时里，我会专心致志地埋首于案板与灶台之间，伴着愈演愈烈的肉香喝掉半瓶红酒，支离破碎地看一部央视六台的午夜场老电影，待肉酥汤浓，收拾好所有的家伙什儿，关火，上床，睡觉。

一点儿也不矫情地说，这是我人生最享受的时刻之一。距离晚餐时间还有十八个小时，我无法解释为什么非要在浪费了晚饭后的四个钟头，放弃明天白天的大把时间，而在此时开始制作“黑暗料理”。我只能说，这是一个对夜晚上瘾者的怪癖。

日本有一部名为《深夜食堂》的电视剧，说的是一个中年男人经营的从晚上十二点开到早上七点的小餐馆里，人和菜的故事，这个剧名深得我心，深夜和厨房，是我的两大心瘾，放在一起，就是叠加的幸福。

除了喜欢熬夜，我热衷深夜厨房的另一个原因是，我喜欢这种在无人打扰的空间里专注于做菜的感觉。对于我这个晚睡晚起的人而言，此刻，大脑和四肢都像一部磨合到最佳状态的跑车，加速减速刹车闪转腾挪游刃有余，失手的概率极低。

除此之外，深夜厨房还有两个重要的价值：一来，我能为自己第二天出得厅堂留有足够的待客时间；二来，炖肉之类的菜肴，做好之后经过一夜的浸润，滋味会更加醇厚。

在我看来，做出好吃的菜，最大的要诀是用心。此用心有四层含义，一是爱吃，这是热情与动力的源泉；二是琢磨，将自己的体验与别人的经验融合；三是专注，心无旁骛地倾情于手头的食物；四是想象，色香味俱全的菜肴放在与它们相配的盘子里被端出的模样，以及吃客满足的神情。

对于我这个敬业的厨娘而言，好滋味绝对与一个人的寂静欢喜相关。只有在夜里，没有人，没电话，无须在微博与微信上与人搭讪，才能将用心的四个层次逐一实现。即便不接客，仅仅是煮个简单的茶叶蛋，深夜厨房和白天做出的滋味也会不同：悠悠哉哉地，一边用煮蛋器煮上六个鸡蛋，一边烧开半锅水，依次放入一小撮大红袍，一粒八角，小半勺盐和少许生抽，将煮好的鸡蛋用勺子把蛋皮敲打之后放入锅中，看它们在棕红色的汤汁中欢快地滚动，清香之气缥缥缈缈地蔓延开来，然后关火，盖上锅盖儿，让鸡蛋有足够的时间吸吮茶叶和酱油的芳香。当然，我不会忘记在离开厨房前给第二天早起的猫爸留个纸条：锅中有蛋。

我的深夜厨房始于多年以前。那时我还在朝九晚五，有吃客大晚上通知说第二天要来家吃饭，于是，点灯熬油地煲汤炖肉，再上个闹钟，半夜三点起床关火。这么想起来，其实我比《深夜食堂》的店老板伟大得多，人家好歹是为了生计，我是全盘奉献。

深夜厨房也有砸锅的时候。记得有一次做拿手的酱牛肉，三个小时里，细致的慢火把大块的牛腱炖得酥软柔糯，整只的洋葱完全融化消失于浓浓的牛肉汤汁之中，喝最后一杯红酒时，我切了一块牛肉犒劳自己，然后关火上楼，带着各种满足睡去。天色微明时我起床如厕，一阵阵异香扑入鼻中，昏沉之间我忍不住赞叹自己：真真的好手艺，此等香气乃人间的绝味啊！早上八点我被猫爸吼醒回神的时候，才知道，昨晚我小醉着关火，拧反了方向，虽然万幸放到了最小火的位置，但汤汁还是完全干了，并有微微的焦煳味道。

万分沮丧之余，我生出一计，切掉牛肉略煳的外皮，把没有焦味的部分切成薄片，放了干辣椒和香葱青蒜一起爆炒，加黄酒和酱油调味，居然活生生出品了一盘下饭菜，客人连吃两碗米饭后，擦着额头上的汗水，大呼过瘾。

我喜欢《深夜食堂》每集开场时男主人公慢悠悠的独白：一天结束了，在大家都各自赶回家的时候，我的一天才刚刚开始。

这句话在我这里则是：一天结束了，在大家都各自上床的时候，我的深夜厨房才刚刚开始。

虾米味

我娘是福建人，从小闻着海腥味长大，最爱吃鱼虾蟹，后来做了北京人，在物流不畅通的年代，别说吃，连闻个腥味都不易，只有把对海味的思念埋在心底。记得小时候看露天电影，正片开始之前先放新闻简报，一出现沿海大丰收鱼虾乱蹦的场面，我娘就配着稀里哗啦的声音做抹口水状。偶尔吃到螃蟹，她就说要把蒸锅里的水倒出来做碗汤喝。在我娘眼里，有海腥味的吃食都是高级的，哪怕是小小的海米，加上几粒便能点石成金，如果饺子馅里或者紫菜鸡蛋汤里放了海米，她一定会郑重地告诉别人并询问是否吃出了“虾米味”，夸哪样东西好吃，她就说“有虾米味”。几十年下来，我身边的人都懂得“虾米味”所代表的内涵和地位，并运用得炉火纯青，比如我家猫爸夸一款冰淇淋好吃，会说“有虾米味”，闺蜜蔡邦子前几天在微信上夸我的衣服好看，就说“真有虾米味”。

其实每个人的心底都有自己的虾米味，而且年龄越大，味道越浓。我爹近十年年来一门心思地想念他小时候吃的苏式面，说什么高级大菜也比不上一碗浇头足面筋道的苏式汤面更有魅力，我家猫爸经历了对四川菜湖南菜西北菜的乱爱之后，最终还是回归到对淮扬菜的痴迷，我的搭档王老师口比较杂，东西南北的菜都能吃出好来，但每次去云南出差都吃得肠胃缺动力大脑缺血，让我在客户面前很丢人，就因为云南菜的味道与他老家江西菜颇为相似。

我这个生长在北京却毫不地道的北京人，经常嘲笑猫爸王老师狭隘的地方口味，夸耀自己口味宽广无疆，其实暗地里挺心虚的。我娘不善厨事，我爹君子远庖厨，我童年时对饭菜最美好的记忆，就是大院食堂节日会餐时大师傅做的熘肉片粉蒸肉干烧鱼，虽然油水足，但毕竟是大锅饭，说到底也算不上正经的“虾米味”，用猫爸和王老师的话说，是打小没吃过好的，直到十几岁时去了上海，吃了两个姑姑家的美食，味蕾方才正式觉醒，这也是我现在做菜，万变不离上海菜之宗的缘由。

我认为，捕捉并照顾到每个食客的虾米味，是做一个好厨娘的首要条件。小的时候我喜欢跟男孩子混在一处摸高爬低，胆大心粗，唯有在一件事情上格外心细，那就是我总能迅速地在餐桌上统计出某个来客的下筷频率，然后把对胃口的菜碟挪到他们跟前。七岁看老，这种与生俱来的在餐桌上看别人脸色的能力，决定了我此生伺候人而不是被人伺候的命运，而且这种能力弥补了我从小虾米味缺失的不足，让我成为一个还算称职的家庭厨娘。

我发现，对待潜伏于内心的虾米味，男人和女人不尽相同。男人的虾米味比女人要持久、牢固，一经确立，很难改变，对于虾米味之外的尝试，往往只是一个阶段的有意为之，尝个新鲜或者纯为表明自己的适应能力强，一旦上了点年纪，对虾米味的坚持就霸道甚至极端起来，有点人生的路越走越窄的意思。女人的路则是越走越宽敞，她们愿意尝试任何一个新口味，而且很容易就被一种全新的甚至颠覆性的吃食和做法攫获，至于家乡的虾米味和外婆的红烧肉，那多半是记忆中的情感故事，没人纠结于是否原味重现。

以我家为例，我娘虽说有她尽人皆知的虾米味，但多少年来她对我肆意妄为的所有尝试都报以热情的肯定，我爹虽然也吃意盎然，却一味在咀嚼中寻找似曾相识的味道，有则拍手称快，无则不以为然。单说吃面，我娘接受南方北方各种面，包括意大利面，而占据我爹排行榜前三位的永远是上海葱油面、鸡汤面和阳春面。

再比如，这几年我的一帮大学同学时常聚会吃饭，每次在挑选餐馆上都会有两派分歧。男同学左挑右选绕不开传统老店，不管川菜鲁菜还是湘菜，不在乎环境，口味必得是个有说头的菜系，且每次点菜都是老三样，百吃不腻，而女生则全无禁忌，创意混搭的最好，图的是变化，吃的是新鲜，要的是情调。

跟吃饭一样，人在情感上也有虾米味一说，现在流行说某人是不是你的菜，就有这个意思，只不过，情感事关男女两方的口味，选择起来要复杂得多。相同之处在于，虾米味闹好了是种情结，闹不好就成了心结。

本厨娘的态度就是，无论食物还是情感，虾米味，不如就让它在那里，可以是美丽的思念，也可以佐餐下酒，但别指望美味成真，因为你永远再也吃不到小时候的味道。

外焦里嫩

有一天随意打开电视，里边正在播放一个教做菜的节目，山东籍的胖师傅一句话不说，闷头在油锅里炸里脊肉，边上的美女主持问：炸到什么程度就可以了呢？胖师傅说：外嚼（焦）黎（里）嫩就成了。女主持又问：怎么就知道已经外焦里嫩了呢？胖师傅说，就是感觉到肉已经外嚼（焦）黎（里）嫩了。女主持无语了片刻，再次问：您觉得大约多久就能外焦里嫩了呢？胖师傅也无语了片刻，一边从锅里往外捞肉一边说：现在就已经外嚼（焦）黎（里）嫩了。

我一边笑一边想，真难为这二位了，看来不是会做菜就能教做菜啊。

我猜这胖师傅能被请上电视，一定是个手艺高超的大厨，做菜绝顶好吃，他说不出个究竟，有可能因为不善表达，更大的可能，是他有实践没理论，只知其然不知其所以然。

这个我自己深有体会。我有时很怕跟文化高的人探讨某种烹饪技艺，因为一说到某个火候或者如此调味的缘由，就含糊其词，没了自信。对此我非常崇拜那些学识渊博又有表达能力的厨师。

最近一年多来我读偶像庄祖宜的书，并跟着她教做菜的视频，学了好几道新菜。我喜欢庄祖宜理论知识和实践经验的恰到好处，这种不卖弄不炫耀的实实在在，不是单纯的有学识，也不是单纯的质朴，而是文化素养，是智慧。我喜欢她一边像个家庭主妇一样忙忙叨叨，用手指头蘸了食物放进嘴里，说“还可以再加点盐”，一边用浅显的语言讲述锁住牛排水分和让鸡肉保持鲜嫩的科学道理。

我尤其喜欢她能清晰地把自己的见解用通俗易懂的语言传达出来。比如她在一篇讲“调味”的文章中说，专业厨师和在家做饭的差别，不是刀工、火候、摆盘或者成本控制，而是调味，调味时如何掌握甜酸苦辣微妙的平衡则是最大的挑战。近年来人们崇尚“原味”的清简平淡，但是原味的呈现最终还是要靠调味的，如果一味坚持少油寡盐，食材无法彰显特质，则是另一种暴殄天物。

这种说法深得我心。我倾心于一道菜中有多重的滋味，我心目中的高级菜，不是食材贵重，而是非常普通的原料，因为调味的恰到好处而大放异彩，不同的食材融合在一起，既保持自己原本的味道，又能我中有你，你中有我。

我对偶像的最大崇拜，是她用科学知识提升厨艺。她在讲述当下世界顶尖厨房里的科学革命时说，长久以来，烹饪靠经验传承，厨师只是知其然、不求甚解地代代相传，只有知其所以然，才能不盲目遵从食谱和经验，创造出前所未有的感官体验，这也是“分子美食”时下大行其道的原因。举个简单的例子，法国的分子美食家说煮鸡蛋最理想的水温是摄氏六十五度，因为蛋白在摄氏六十二度开始凝结，蛋黄则是摄氏六十八度，如果水温能够从头到尾控制在摄氏六十二至六十八度之间，就能保证煮出法国人最爱的柔嫩蛋白和半熟蛋黄。

崇拜之余，我开始淌汗。说起来我也是有追求的厨娘，热衷好滋味的创新菜，问题在于我的文科脑子局限太大，科学上的事进我脑子之后连个水漂都不打，很快就印记全无。如此看来，想百尺竿头更进一步，难了。

幸好我还能用小聪明为自己开解。对于自己在知其所以然上的无能，我想到三条解药。

其一，人云亦云。自己没本事创新，但有能力发现和判断，凭感觉找到可以信任的人或者秘方，然后大胆尝试。这个范例是我做的“红酒烧牛肉”，我用的是在美国的好友海燕试验成功的食谱，可信度很高。在此偷偷说一句，看了我偶像庄祖宜此菜的视频，感觉从工序、色泽上看，她那锅极有可能不如我这锅好吃。

其二，破罐破摔。知道自己的斤两，索性放弃过高的目标，想怎么干就怎么干。本来嘛，对于我们不上台面的家庭厨娘而言，把做饭和吃饭都当成一乐，并能不断发掘制造新的乐点，就是最高境界了。

其三，外焦里嫩。学习山东胖师傅，做好每一道家人和朋友爱吃的传统菜式，原汁原味，好吃就是王道。顺便多说一句，我挺喜欢这个胖师傅，觉得他比电视上好些自以为是油嘴滑舌的厨师都更有幽默感。

带着爱去做

我去超市或者菜场的时候，最怕看到的一种情形，就是买菜人对菜的不尊重。挑挑拣拣，拿开你不想要的菜，把相中的菜放进购物筐中，本来是很正常的事情，但是怎样拿开大有不同，这是态度问题。比如我打算做香酥烤蘑菇，我会轻轻移开不好看的蘑菇们，把模样周正大小差不多的蘑菇挑出来，放进袋子里。蘑菇像男人一样脆弱，禁不住折腾，稍不留神就满身伤痕，蔫头耷脑。把自己挑剩的菜随手往边上乱扔，看上去是素质和教养问题，深究起来，应该还有道德和心理问题。

有时我想，如果我要开餐馆，挑选大厨之前，要先让他去买菜，然后偷眼看他在菜场的表现，对萝卜白菜态度粗暴的一律不要。每次这么想过之后，我都自我嘲笑一番，这恐怕是开不成餐馆的人才有的天真想法。

没有尊重就没有爱，而没有爱的人，无论技巧怎样，做出的菜都不会有绝好的滋味。我去餐馆吃饭，无论高级馆子还是街边小摊，吃到嘴里就能感觉到厨师的态度，滋味丰富鲜活的菜，一定是厨师带着爱去做的。

我说的爱，也是丰富的，除了对食材、食客以及对自己的尊重，还有欣赏和热爱。

我特别喜欢看国外的教做菜节目，大厨们在讲述制作程序之外，总是情不自禁地赞美操作台上的每一样食物，想象它们将要带给食客的美好享受，比如我看到一个性格活泼的女厨师介绍她做的焦糖布丁，她的脸上带着迷人的微笑，说：“现在我们把美丽的焦糖浆倒在曼妙的香蕉布丁上，我相信你跟我一样确信这是一款终极抚慰食物。”我嘴巴里分泌着唾液，心中无比确信这份爱的情感，能够流淌进甜品中，化作滋味的一部分。

我的闺蜜张美丽酷爱水果，每次她做水果拼盘的时候，都会边洗边切边发出一连串咿咿呀呀的赞赏之词，有时还会从厨房蹦出来，把水果举在手里挨个让人欣赏。她把不同的水果摆放在好看的盘子里，像艺术品一样地端出来，吃的时候还要不停地问：怎么样怎么样，特别鲜特别甜吧？一模一样的水果，拿到我家里，到了我这个不爱水果的人手中，缺少了这份爱与欣赏，滋味便大打折扣，常常为了不被倒掉要说一堆央求人的话。

台湾的资深饮食作家叶怡兰在评论庄祖宜时说："她不仅为了自己的工作与口腹以及那份单纯对美食的热情而做、而写，还有着满满的对生活对家庭对亲人的爱与付出，以及踏实的、家常的、日日不辍的实践，遂而字里行间，咀嚼尽是芳醇的滋味与和暖的温度，回甘无限。"可见，无论是做菜，还是写做菜，爱都是最棒的调味品。

二〇一四年我去台湾旅游时，无意中看到某旅游生活频道的一档美国电视节目《帅哥厨师到我家》，一下子就被迷住了，每晚支着困倦的眼皮看得欲罢不能。这个节目是让一个帅哥厨师到超市里跟某个购物的主妇攀谈，获得她的允许之后，为她购买家人喜欢的原料，去她家的厨房，为她和家人做一顿丰盛的晚餐。节目的好玩之处，不仅仅是做菜部分，还有帅哥厨师与女主人在厨房里的聊天，他们会倒上一杯酒，边忙活边聊她的家庭、丈夫和孩子，然后把对家人的爱融入每一道菜和甜品之中，一些不善烹饪的女主人在厨师热情洋溢的感染之下，发现以往觉得烦琐的工序变得简单而有趣。她们不知情的丈夫回家，惊喜过后吃得摇头晃脑赞声连连，是节目的高潮部分，也是我最爱的环节。带着爱做出的晚餐，不仅仅好吃，还是一个幸福家庭的黏合剂。

每次节目最后，帅哥都会在这家的屋外发表一番感想，然后对观众说：下次你去超市可能会有奇遇，记得要精心打扮。

这对我有所启示。虽然我不会在菜场遇到能来我家做饭的帅哥厨师，但是出门买菜也要穿得漂亮，因为，让自己心情愉快，也是爱的一部分。

美味关系

我和在美国的姐姐见面时爱聊过去的事情。有一年春节她回国，聊起小时候的保姆大妈，她从姐姐出生就来到我家，带大了我们三个孩子，在父母忙得顾不上家的岁月里，这个不识字的凶老太太一直充当我们的监护人，恩威并施，以威为主。在我声声血字字泪地讲述了很多被大妈恶治的故事之后，姐姐说，还记得大妈经常带咱们去她亲戚家串门儿的事情吗？

我说当然，怎么能不记得，那可是我对于大妈最温暖的记忆。大妈的亲戚住在北京西城的胡同里，男主人在副食店工作，家里外接的小厨房里架着口大锅，每次我们去，一进胡同就闻到飘扬的肉香，我总是抑制不住内心的亢奋，扑过去踮着脚奋力掀开木制大锅盖，贪婪地吸吮红烧肉的香味，哈喇子流成一片。我记得为此脑袋上不止一次地挨过巴掌，大妈在我身后咬牙切齿低声怒喝：瞧你这点儿出息，给我丢人现眼吧！

几十年过去了，直到现在，跟姐姐说起这段往事，我才突然意识到，我的馋嘴或许出于天生，但我对厨房的迷恋，以至终日不知疲倦地埋首炉灶之间，以吃客们大快朵颐为自己的快乐，闹不好就是被那个胡同里永远炖着红烧肉的大锅启了蒙。我猜测，在我稚嫩的心里，一定自那时起就植入了“有肉香就有快乐”的信仰。

物以类聚，我的知心女友们都爱吃，谈论吃和下厨房几乎占据了我们聚会的大部分时光，而抱怨吃得太多和担心肥肉加身，又成为我们饭后聊天的主旋律。

二〇一三年我去美国，住在波士顿的大学好友海燕到纽约与我们一行会合，然后一同返回她的家中小住。到达波士顿当日，她带着我们游览了哈佛和麻省理工学院之后，天色已近黄昏，海燕小声跟我说：今晚在家吃饭，我已事先做好了红酒烧牛肉，《茱莉和茱莉亚》中的勃艮第红酒烧牛肉。我会意，满心欣喜，胃口大开。待回到家海燕端出沉重的铁锅加热牛肉，绵延的香气之中，我的哈喇子习惯性地不受控制。

大约是二〇一〇年，我收到海燕从美国给我的来信，她说刚刚看了电影《茱莉和茱莉亚》，喜欢死了，真希望我们能有机会一起做菜、写字。巧的是，我接到来信的前不久也买了这部片子的影碟，大半夜里感动得难以入眠。

影片中，年轻的小白领茱莉厌倦了枯燥的生活，决定辞了职按照名厨茱莉亚的食谱，把五百二十四道菜肴挨个儿实践，并在博客上分享她的烹饪心得，她经历了各种挫折，最终赢得了自信、读者、偶像茱莉亚的关注，以及丈夫的认可。其中让茱莉情绪最起伏的一道菜，就是海燕做给我们吃的勃艮第红酒烧牛肉。

回国之后，出于对这道菜的喜爱，对那份会意的怀念，对茱莉和茱莉亚的崇敬，我照着海燕提供的菜谱，在我家的深夜厨房里做了一次演练。我没有完整地照搬菜谱，因为作料不全，也因为一贯的随意，我甚至不那么在乎它最终的味道，我把它当成献给自己的一道菜：在一道道繁复的操作之后，把铸铁锅放入烤箱之中，两个小时里，让牛肉在红酒中微微地滚动。我在倒入一整瓶红酒时，为自己留了一小杯，慢慢地喝着，在寂静的夜里，等待肉香徐徐地散发出来。

《茱莉和茱莉亚》中文的另一个译名是《美味关系》，这个名字也深得我心。我想到小时候胡同里袅袅肉香带给我的心理激荡，它让我如此快乐，这份快乐中除了满足吃的欲望，还包含了对温情的遐想，以及强烈的安全感。甚至可以说，对美味的热爱影响到我的人生观，上中学时我跟要好的女友密谋未来的婚姻，我说就想嫁给一个吃饭特别香的男人。

《茱莉和茱莉亚》是一部拍给女人的电影，据说主演梅里尔·斯特里普在得知票房收入不尽如人意时说："这没什么，男人永远不懂得女人的心。"这话一点儿没错。我能想象得到，第二天我把红酒烧牛肉放到漂亮的盘子里端上桌，猫爸一定会说，我更喜欢吃你做的酱牛肉。他不会知道我在漫漫长夜中的细密小心思，也绝不会像电影里茱莉亚的丈夫那样深情地说：你是我面包上的黄油，是我生命中的呼吸。

但是这一点儿也不妨碍我继续沉醉于漫漫长夜的自我满足之中，这是我在幼小的年纪被大铁锅炖肉启蒙之后历经几十年的纠结换来的笃定。绕了一个大圈之后，我发现自己依然像小时候一样没出息，一样在肉香之中获取温情和安全感，不同的是，我懂得并相信，从心里洋溢出来的美味，可以融合一切的关系。

魂牵梦绕一品锅

近日在微信看到一篇文章，题为《民国太太的厨房》，文中说到胡适家一年四季热闹无比的餐桌和太太江冬秀的好手艺，其中十全大补的“一品锅”最让人念念不忘：这是一只大铁锅，口径差不多有二尺，热腾腾地端上了桌，里面还在滚沸，一层鸡，一层鸭，一层肉，点缀着一些蛋饺，底下是萝卜白菜。胡适笑着向客人介绍，一品锅是徽州人家待客的上品。江冬秀还会不时变换一品锅的菜式，又有一次待客，依旧是一品锅，里面有三斤重的一只大母鸡，三四斤重的一只蹄髈，三十六个鸡蛋，客人们都吃得兴高采烈。

看完文章我心里沉甸甸的，因为我想到了离世不到一年的老爹，以及听他说了多次但始终无缘吃到的“程家一品锅”。

很多年里，临近春节之时，跟我爹商议大年三十的菜谱，他都会念及小时候家里过年必吃的一品锅，他们家这道年夜饭的压轴戏码，必要由奶奶亲自监制，里边的内容与文章所说的胡适家一品锅如出一辙。我爹籍贯苏州，但祖上是安徽茶商，想必这就是程家一品锅与同样是安徽人氏的胡家一品锅相似之缘由吧。我最早听我爹说起这道大菜的时候，还是在缺衣少食的七十年代，一边听着“一只鸡一只鸭一只蹄髈和火腿若干”，一边口水就答答地滴下来。现在想来有点儿不解，我那个嘴馋又念旧的老爹，在他去世之前的最后一次全家聚餐时，还跟我探讨网购苏州老字号酱鸭，为什么这么多年里，不曾提议实践一回“一品锅”呢？是他心知肚明再也找不回小时候的味道，还是有意保留对这道大菜朝圣般的念想？反正时至如今，我永远失去了与他一起炮制程家一品锅的机会。

我在微信上与身在美国的堂哥就此聊了开来，他是我们这一辈的老大，也是我们这辈人中唯一与奶奶一起生活过的幸运儿，因为年龄与研读历史的原因，对家族渊源的了解远胜于我们。他说：我以为一品锅是苏州习俗，却原来是徽州习俗，想必是由十二世祖程旸从徽州带到苏州，高祖父程卧云又带到了上海。堂哥比我有口福，他的父亲我的叔叔从前过年时必做这道一品锅，直至搬家遗弃了那口用了多年的大砂锅。堂哥说，出于对这道大菜以及旧时光的怀念，他和堂嫂两年前在加州买了一个足够大的新型瓷锅，期待用它重现一回往日的盛景，但最终没有勇气，疑问是：会有那么多人来吃吗？

我在心里思忖，我倒是能招募足够多的人来吃，但我同样没有勇气，我的疑问更多：首先，如今不缺油水并且已经把各种美味吃到极致，将鸡鸭蹄髈蛋饺之类硬货炖于一锅，会不会让人望而生畏？再者，没有真传，仅凭想象，别说神似，怕是连形似都难以沾边。其三，据说安徽的一品锅到了扬州名字改为“全家福”，在我爹过世之后做这道菜，势必会融入些伤感进去，再好的滋味也难免打了折扣。

在《民国太太的厨房》中，作者写道，胡适太太厨艺好，但脾气暴，除了一品锅等绝门秘籍，还擅长“胡萝卜加大棒”这道大菜，那就是狮吼完给客人端出一锅十全大补汤，让胡适挣了面子，忘了棒子。我爹一生好吃好客，他此生没有娶个跟他有相同之好的老婆，不得不说是个遗憾。我娘一生努力勤奋，但不善厨事，尤其是对吃喝的态度与我爹截然不同。我爹在世时他们各自最大的抱怨都与吃有关，我爹嫌我娘只有健康没有味道，饭菜难以下咽，我娘嫌我爹太挑剔难伺候，说急眼了，大棒和胡萝卜一齐上，当然她上的是真正的有机蔬菜胡萝卜。

幸好他们还有我。我除了能劝架，还能做我爹爱吃的各种浓油赤酱，隔三岔五就炖锅腌笃鲜或者红烧肉给他解馋。但是我爹在我家“胡萝卜”之后，回家还是躲不过“大棒”，我娘把来我家吃饭当作“中毒”，“解毒”办法就是喝粥吃玉米红薯，我爹的反抗势必要遭到她的棒喝。

我爹我娘旷日持久的餐桌大战，随着我爹的过世偃旗息鼓，我娘中意的健康饭菜，也因为对立面的缺失而少了滋味。那些过往的烦恼，在未来日子的回忆中温暖与美好。

我最近在一部美国电影中看到这样一句话：回忆，就是当人去世之后真正留下的东西。

我爹我娘虽然一生都在为吃拌嘴，但他们给我留下了一个快乐的饭桌。从小到大，在我家，吃饭始终都是一件重要而且有趣的事，无论我娘家的还是我自家的餐桌，一向大而开敞，来的都是客，没有辈分，只有好胃口。

这么想来，做不做那道“一品锅”也真不要紧了。花团锦簇的热闹都是一时的，把魂牵梦绕的滋味留在心里，并且不断加上想象的作料，才是永恒的滋味。

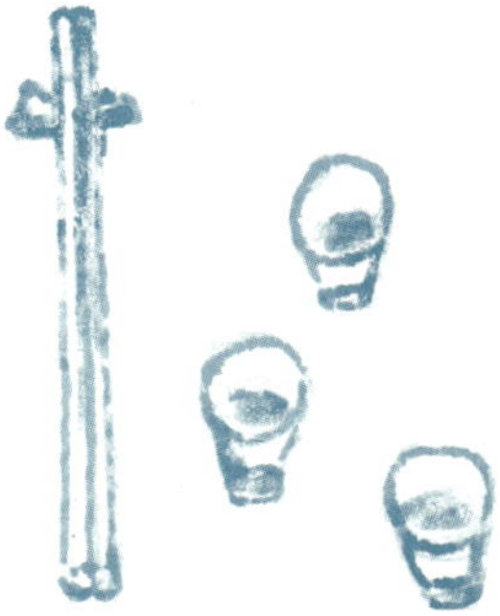

我最近在一部美国电影中看到这样一句话：回忆，就是当人去世之后真正留下的东西。我爹我娘虽然一生都在为吃拌嘴，但他们给我留下了一个快乐的饭桌。从小到大，在我家，吃饭始终都是一件重要而且有趣的事，无论我娘家的还是我自家的餐桌，一向大而开敞，来的都是客，没有辈分，只有好胃口。

家事

家风不良

我有一个感情纽带特别紧密的家庭。我们家人之间表达感情的方式也有点儿特别，就是互相挤对。

比如我娘宣布我爹要请全家吃饭，就说：出大事了，你爹这个铁公鸡终于要拔毛了！我爹形容我娘走路健步如飞时说：你娘要是偷了东西就跑，保安骑车也追不上。我姐夸我的鞋好看，说：你浑身上下就脚长得还行。我哥夸我爹我娘的合影是这么说的：看上去还真像俩德高望重的知识分子。我数年前跟全家宣布要戒烟时，我爹说：不会是要改抽白面儿了吧？

我就是在这样一个血雨腥风的家庭中茁壮成长起来的。小时候，因为听我爹跟我姐说王府井书店好多人排队买《红楼梦》，随口问了一句“红楼梦好吃吗”，此话出口，全家炸窝，很多年里，我家来客时，这句话不是被拿来热场就是压轴。记得我接到大学录取通知书的时候，我爹转圈散消息说：我那个吃红楼梦的小女儿考上中文系了！

可怜我家的两个第三代，我的侄子和外甥，也被迫在这样一种恶劣的氛围中长大，而且难以逃脱被挤对的厄运。在美国的外甥找了个小个子小女友，姐姐跟我们传播时说：我看他们俩小矮个儿以后准备生七个小矮人了。侄子长得漂亮总被人夸，哥哥就说：男的长这模样要是人缘不济的话，就是个找打的命。好在俩小男人狗不嫌家贫，从小淡定逍遥，而且始终健康而快乐。

更可怜我家三个加盟者。有一年我姐夫回国探亲，见到我爹时跨步上前握手，本想夸我爹越来越年轻，不知是紧张还是想幽默，说成：“您真是越活越便宜了！”我的嫂子本来是全家唯一还能保持正面夸奖习气的人，因为想与我们统一口径而落到邯郸学步的境地，永远在夸儿子贬儿子的转换之间拿捏不好分寸。我家猫爸，到我家之后，从一个严肃正派的青年，径直沦为一个只要张嘴就胡说的半疯。

我家人其实也有比较正面的感情表达，但所有的温情脉脉，都只落实在文字上。以前是写信，后来是电子邮件和手机短信。我爹我娘一辈子斗嘴，但只要分别，哪怕时间短暂也会写信，俩人一改现实生活中的讽刺挖苦和恶语相向，用词讲究，情深意长。我的姐姐出国二十余年，总会在家人生日、结婚纪念日和新年时寄来美丽的贺卡，上面是她写满祝福的漂亮字体。我爹常年与我手机短信联络，所涉内容从国际国内形势到睡眠情况不等。

我的家人还喜欢留字条，赠送生日礼物时、来访不遇时、留宿早走时，都会写几行小字，我一直后悔没有保存家人的这些小随笔。

记得姐姐和哥哥九十年代初相继出国，尤其是五岁的外甥Randy去了美国之后，我爹我娘曾一度陷入抑郁，情绪低落，争吵不断。一年的圣诞夜，我在极度痛苦中，给他们写下一张字条：亲爱的爸妈，今天是圣诞夜，我却满心的难过，因为你们的不快乐，我也感觉不到任何的快乐。如果上帝能够达成我的一个心愿，我最大的愿望就是让你们重新变得恩爱，像我小时候一样。我小的时候觉得父母就是上帝。你们能满足我的这个愿望吗？

第二天我起床后发现，代替我字条的是我爹的一张字条，上面写：我和你妈妈深感抱歉，为我们的失衡和给你带来的伤心而自责，我们一定会努力改变，请像你小时候一样相信我们。落款是他的名字。

在随后的二十年中，我从没和家人谈论起这个字条，因为这与我们表达感情的主旋律不大合拍。我们一家老小的任何一次聚会，都一如既往地延续着早已习惯的不良家风，在挤对他人的笑声中，把各种好吃食风卷残云。

家庭观念

我十二三岁时，有一天翻看我娘的大学毕业纪念册，发现五十年代初的人特别严肃认真，给同学的留言像老师的年终评语，优缺点分明。我娘的缺点一栏有个词出现率非常高：家庭观念过重。我问：难道有家庭观念不对吗？她说：那个时代大家都要革命要进步，我家孩子多，我又是老大，脑子里除了学习就是惦记家里的父母和弟妹们，当然不合潮流。

我极有可能被这个作为缺点的"家庭观念"给刺激到了，因为在随即到来的青春期以至后来的十多年里，我的内心一直非常纠结。我怀着要做鸿鹄而非燕雀的远大理想，保持着对"家庭观念"的高度警惕，生怕稍一松懈便陷入儿女情长的家族遗传中去。

这种纠结直接导致了我外表对于内心的叛逆。在我剃了板寸、穿着破洞裤子、叼着烟卷的日子里，我用刻意制造的冷漠坚硬反抗着内心对家庭温情的留恋。大学毕业后我对父母约法三章说：第一，我有权过我自己想过的生活，你们不得横加干涉；第二，我和你们的生活是不同的，让我们保持各自的不同；第三，不要等我回家吃饭，不要等我回家睡觉，不要问我去了哪里。我爹说：喊，我早说过了，我就是《狐狸的故事》中的老狐狸，等你十八岁成年，不离家都要咬你出门！我娘不理会，自顾自地重复着她说了一千遍的话：记得按时吃饭啊！

我的确过得逍遥任性。我可以随意带男孩子回家，关了门喝酒抽烟切磋舞步，父母与我一门之隔而绝不会询问干扰，跟我说话时必会先敲门。我可以夜不归宿，大清早悄无声息地潜回我的小屋，然后和他们一起谈天说地吃早餐。

生活有时就是这么讽刺。我这个整天标榜要冲破羁绊追求自由的人，至今始终生活在我出生的城市北京，而我那两个学习成绩优秀貌似乖顺的姐姐和哥哥，却早早地出了国，经历了许多我不曾想象的奇异。

讽刺还不仅于此。年轻时被老爹赐名“极野潇子”的我绝对无法设想，若干年后，我会变成一个围着家人转的不折不扣的宅女，最大的快乐是为家人奉献，圆满重蹈我妈“家庭观念过重”的覆辙。

姐姐和哥哥不在家的日子里，我守在父母身边，衣食无忧，日子安稳，内心却始终躁动不安。是年少时向往的壮怀激烈的人生毫无踪迹，还是对平淡生活的隐隐不甘？很多年里，我找不到原因。

我的纠结于二十世纪末戛然而止，与此同时终结了我的青年时代。从一九九八年开始，在美国的外甥 Randy 几乎每年夏天回国度假，姐姐和姐夫不时与我们相聚，随后哥哥一家落户北京，我的生活因为他们而变得琐碎和忙碌，也逐渐扮演起一家之主的角色。当我有一天发现我的内心因为与家人相伴而尘埃落定时，真不知是喜还是悲了。

早年间我出版社一位写小说的男同事，在酒吧里跟我说过一句话：你所有的放荡不羁都是假象，你骨子里就是个好女孩，因为你是你父母的女儿。这句让我很气愤也很气馁的话，直到多年之后，才有会意。

父母的欣赏与信任，他们用爱心和宽容缔造的家庭纽带，始终牵系着我们三个孩子的身体和心灵，无论姐姐和哥哥走多远，经历多少坎坷，无论我怎样奋力扮演另一个自己。

这根家庭的纽带，甚至进入了我的潜意识。二十年来，我的梦境中反复出现的家，都是我们三个孩子出生的老房子。直至那年春节，姐姐在离家二十年后第一次和姐夫回来过春节，我做了一个有关世界末日的梦后，我才清晰地意识到，我的家庭观念有多么深重。

在梦里，天空在燃烧，大地在颤抖，房屋在倒塌，我们全家相拥在一起，我爹说，不必惧怕，因为我们在一起呢。过后的很长时间里，我一直在反思这个奇特的梦，有一天终于开解。

我娘多年来带领我们坚守的，不是家庭观念，而是家庭信念。当你的血液中融入了对家庭和爱的信仰之后，无论走到哪里，都难以挣脱，并且终将回归。

我爹我娘

我爹我娘每次进我家门之后，都会有一通争吵，当然我是说在他们双双进门之后。因为即便他们一起出门，我爹也会在我娘到达若干分钟以后才到。顺便说一句，他们家离我家不到三百米，广东人讲话“一碗汤的距离”。

我爹一推门，我娘就很鄙夷地说：哼，你看他这几步路走了有多久，他那根本不叫走，叫挪，或者说叫蹭。我爹不屑地挥挥手说：咱俩又不是今天走不到一起，几十年了，我也没想拖你后腿。我娘说：知道自己走得慢，还不锻炼，就放任自己这么迈台步，生命在于运动，你得动起来啊！我爹说：生命在于舒服，我怎么舒服怎么来，你不要干涉我，我就从不指责你草上飞！

我跟我姐我哥经常在一起感叹，真不知这两个没一处不南辕北辙的人，怎么就成了夫妻而且一过就五十多年的！

按理说，再大差异的两个人，经过半个多世纪在一个屋檐下锤炼，即便没有质也该有量的变化了吧？事实是，他们两个完全没有，而且随着时间的推移似乎越发的两极分化了。

我爹苏州人，上海长大，吃得细，讲究食不厌精，喜吃肉，偏好油水；我娘福建人，喜海鲜，吃得粗，粗粮的粗，偏好清淡，讲究健康第一。我爹喜欢蛋糕咖啡，我娘倾心豆浆红薯，我爹爱吃面，我娘爱喝粥……我爹最怵我娘的养生理论，一听她以“报纸上说了……”开口，就痛不欲生。我娘吃饭极有节制，我爹不吃撑不算吃饱。他们俩在饭桌上的战争永远是我们家聚餐时的主菜，连我的小侄子都知道在奶奶不注意的时候迅速往爷爷的碗里扔一块红烧肉。

因为我娘的横加干涉和我爹一贯的吃不饱，家中晚辈甚至亲友团都站在我爹的一边，指责我娘的没人道，对此她感到十分冤屈，常说：我为谁啊，要不是我控制他吃肉，就他那糟糕的消化系统，能活到今天才怪！我爹更冤屈，说：拜托你了，我宁愿吃个痛快死个痛快，我情愿做个饱死鬼！

我娘极瘦，我爹略胖。我娘攻击我爹的撒手锏是：又馋又懒，能不胖吗？不自律的人才胖，胖对健康和形象都不利。我爹说：我们年轻的时候才不流行瘦，瘦人都有肺痨病嫌疑，我没歧视你还娶回了家，该感激我才是！

两人起床和睡眠时间不同，分住楼上楼下，一个喜欢开窗通风，一个绝对门户紧闭。我爹形容说，早晨还没睁眼，你妈就冲上楼来，嘴里喊着起床了，然后打开窗帘，拉开窗子，那情形十分恐怖，犹如噩梦。

两人分看两台电视，因为趣味完全不同看不了同一个频道。我娘看情感剧，喜欢英俊小白脸，我爹看新闻时事，喜欢知性女主播。即便两人都狂爱体育节目，也不向着同一个队，即便都支持中国队，也不会粉丝同一个人，即便好不容易粉丝了同一个人，比如当年的男排明星汪嘉伟，也要为他是福建人还是上海人打上一架。

抛开这些琐事，往大了说，两人信仰也不同。我爹是党员，我娘是基督徒。针砭时弊时两人也站在不同的角度你党你教地掰扯，哪怕是美国大选，也要民主党和共和党地掰扯一番……总而言之，他们本着一个大原则：凡是对方支持的，我就坚决反对。记得有年台湾大选，周末来我家吃饭，我娘先到，帮我剥了几根葱一头蒜后，我爹刚迈步进门，我娘就指着他说：这个人要命了，他支持陈水扁！我爹正欲翻脸，听到我们爆发的笑声，讪讪地说：嘿嘿，你妈难得有点儿幽默感。

在美国的姐姐说，每次往家里打电话，都要用一只耳朵吃力地分辨听筒里的两个频道，听两人争先恐后地表达自己的观点，抨击对方的言论。混战到达一定程度时，她只能大喝一声：爸，你等会儿，妈，你说！或者：妈，你停一下，让爸说！姐姐是我家的权威，虽然人在家外，却时常扮演一家之主的角色。我身处两人的口水战中时，常听他们一个人奋力地跟我说：你姐说了……另一个人更奋力地说：不对，你姐是这么说的……

有一回周末在我家聚餐，我爹难得先到，说我娘出门后发现她做好的甜羹忘记拿了，他进门后得意地说：她还总说我老年痴呆了，就这一个月里，她已经烧坏两口锅了，家里的焦煳味道现在也散不出去。然后诡秘地说：怕是有事要发生了。

我吓一跳。他接着说：今天早晨起床，发现你妈居然给我煮了一杯咖啡，这可是前所未有的事情，你知道她不赞成我喝咖啡的。

我松口气，说：听着是够奇怪的，可这不是好事吗，你就好好享用呗。我爹说：因为太不习惯啊，我就犯晕了，结果往咖啡里放了一大勺盐，最终还是没喝成。

罗圈架

周末的晚上，我爹我娘来我家吃饭，一进门，我爹就对我说：有一件重要的事情要跟你商量，你妈妈的几个老同事要横穿北京城来看望她，年纪都不小了，好几个腿脚还不好，很难得，要跟你讨论的是中饭如何解决。我的意见是，去小区外边的那家台湾餐馆吃，味道不错，环境也好，就是人多，要麻烦你来回送三趟。话音刚落，我娘就说：这样太折腾了，我的意思是就在家吃点儿面条。我爹说：人家长途跋涉又是第一次来，吃面条太说不过去了。我娘说：大家图的是一聚，说话聊天，不在乎吃什么。我爹说：不在乎是人家的事情，你作为主人不能这样讲。我娘说：你要是能开车送我们，我就不这样讲，说半天不是还要麻烦女儿吗？我爹说：我要是能开车早就跑了，才不跟你在这里斗嘴。我打断他们，说：不麻烦我你们想麻烦谁啊，别争了，就到我这儿来吃吧，环境比餐馆好，菜品也保证你们都满意。

俩人又拉锯扯锯了一阵子，之后认同了我的提议，说好客人十点到达后，在他们家聊两个小时天，十二点移步至我家饭厅用餐。接下来讨论吃什么，又是一通口水大战，最终焦点落在到底是米饭炒菜的中餐，还是我刚做给他们吃过的罗宋汤炸猪排沙拉面包的假西餐，我爹主张前者，我娘自然是后者。我爹说：西餐也许不合人家的口味呢，要吃得顺口才好。我娘说：他们天天吃中餐，换换口味有新鲜感，记忆深刻。紧接着关于菜式的讨论开始跑偏，我娘说：你这人从来不懂得尊重我的想法，到底是谁的客人，你的朋友就洋我的朋友就土啊？而且你怎么知道人家吃不惯？我爹说：我是基于经验的推理，跟土和洋有什么关系？同你这种人简直没理可讲。

眼看俩人的争论习惯成自然地要转为人身攻击，我赶紧出手，用高八度的音量说：那就做中西混搭菜好了，我最拿手，包你们都满意！俩人互相给了对方一个白眼，表示赞成。

说实话，我对我爹我娘几十年如一日的南辕北辙早已从头疼转变为钦佩，因为我不相信今后人类的婚姻中还会有这种长达半个多世纪的不认同、不妥协和不放弃。虽说多年来我已能驾轻就熟地解决他们之间各种大小纷争，并且对自己的处境完全认命了，但依旧时不常地羡慕一下别人家夫唱妇随或者妇唱夫随的父母。比如美丽跟我说起她老爹患病住院时，老妈每日坐在病床前陪伴，拉着丈夫的手说：我知道你难过，我也不好受，但又不能替代你，你受苦了。这样的情景和对话，在我家简直连海市蜃楼的可能都没有。

我娘此前两个手臂因为遛狗摔倒而骨折，我亲历了我爹在事发第一天当众喂饭的感人场景之后，满心以为患难见真情的好戏要开场了，结果没过几天我娘便跟我吐槽：你爹就演了那么一出戏，我竭尽所能自力更生，可他连端茶倒水都有怨言。我去质问我爹，他喊冤：你哥跟她说骨折之后活动少要多喝水帮助身体新陈代谢，她就当成了圣旨，每天喝十大杯啊，搞得我夜里做梦都举着杯子。

我娘手臂康复，我爹腿疾复发，行走吃力，精神萎靡。我娘说：我诊断你的腿不是别的病，就是懒病，是思想意识问题，你要是像我一样坚持锻炼，就不会有今天。我爹跟我诉苦说：我这么难过，她不但不安慰，还时刻不忘讽刺挖苦，太让人伤心了。我对我娘说：他是有思想意识问题，他害怕摔倒，你骨折之后他的担心更加剧了，你应该每天陪着他一起走路。我爹说：我才不跟她走路，第一她草上飞走得跟武侠片的轻功一样，第二我也不想走在路上也被她数落。我私下里对我娘说：你不能总以自己的长攻击人家的短，要想改变他的思想问题，首先就要鼓励他、赞扬他，给予他迈开步子的勇气。

一周后，我爹腿痛缓解，开始每天外出两次散步，有一个周末俩人居然罕见地一同出现在我家门口，见我吃惊的样子，我娘响亮地说：你发现什么异常没有？你爸今天没拿拐杖，我锁完门出来，居然没有追上他，你爸雄风再现了！说完在我爹身后表情夸张地向我挤眼努嘴。我一时毫无准备，张着嘴接不上话茬儿。我爹也像被打了闷棍一样半晌无语，过了一分多钟才说：拜托你还是用回原来那种说话方式吧，这种表达，简直让我毛骨悚然啊！

说回开头的聚会，我爹我娘在众人面前精诚团结妇唱夫随，宾主在热烈友好的气氛中度过了欢乐的大半天，我的创意混搭菜也得到来客的一致好评，老人家们胃口大开，扫荡了五大盘荤素和一锅汤，满意而归。客人告辞之后，我爹我娘先是习惯性地揭了对方的短，说来我家吃饭的路上，我娘走得太快我爹走得太慢，差点把走在中间的客人给丢了，然后一致感谢了我，在我家门口欢快地与我挥手告别。

我转身的刹那，惊讶地瞥见我娘没有像以往那样风风火火拔腿就走，而是伸手挽住了我爹的胳膊，跟他一起慢慢地向前迈步。

我一下子想到了那句流行语：我又开始相信爱情了。

父亲节的礼物

每年一进六月份，我就开始盘算父亲节给我爹的礼物，今年亦是如此，满心想着要找一个有新意的不俗的初看有惊喜日后能把玩的东西，可直到父亲节前两天还没有任何发现，情急之下决定买个最俗的物件——电视。

我寻思，我爹时有失眠状况，睡不着了自然会打开电视看，给他换个功能多的，既赏心悦目又活动脑子。当天下午，我在商场一面墙的电视机前磨叽了一个多小时，买下一款五十英寸可以连接网络的新款电视，满意而归。

第二天打电话到父母家，我知道一定是我娘接电话，对她的反应心知肚明，所以上来就说请我爹接电话，我爹在楼上拿起电话，我刚说了一句父亲节我送你一个电视，耳边就炸雷似的一声巨响，是我娘的大嗓门：哎呀，你怎么又瞎买东西！太浪费啦！我们家里几个电视都那么好你还乱买什么！买了没有啊没买千万不要买！我说：请让我跟我爹说话好吗？这是父亲节礼物跟你没啥关系好不好？依旧是我娘的高音，明显是对我爹说的：你说话啊，你是要一个新电视吗？我爹说：我根本没有要过电视。我娘说：你没有要她怎么会买呢？我爹声音也高了起来：你讲讲道理好不好，我跟你一样才知道她买电视的事情。我只好用盖过他们两人的声音喊道：我没跟任何人商量自己决定买了一个电视，明天来人安装，通知你们一声。然后挂断。

因为是周末，当晚我爹和我娘来我家吃饭，我完全能够预料关于电视会有什么样的口舌之战，多年来我们家风如此，我买礼物，挨我娘骂，再买，再挨骂，还有她跟我爹的罗圈架，循环往复，直至永远。我决定依旧用老办法，果断打住，然后转移话题。

不承想，我娘率先进门后，没有直奔责备的主题，而是笑吟吟地说：我跟你爸有个好主意，一会儿让他说。我爹进门，一边换鞋一边说：我跟你妈谢谢你的礼物，我们有个想法，把我们换下来的电视拿到你家。我心下一惊，赶紧解释说我的初衷是把新电视放在楼下客厅，客厅替换下来的电视搬到楼上我爹的卧室，他那台又厚又蠢的老电视可以淘汰了。我娘极为难得地顺着我爹的话茬儿说：你家电视太小了，换个大个儿的看着舒服。我说：我想要大电视的话早就买了，不买是因为不需要。我爹问：为什么不需要？我说：大电视太土。我爹说：这不公平，为什么你不土而要让我们土？我理亏，只好说：大电视在你家不土，在我家就土了。我娘说：你家没有大电视才土呢！我说：我不管，总之我不要你们的电视，扔了也别拿到我家。我爹说：我也不管，要土一起土。

晚些时候我哥进门，听了我们各方陈述之后，表示非常明了各自的立场，我正高兴多了一个盟友时，他说：我看爸妈这想法不错，你家客厅就缺个电视，搬过来得了，正好可以看球。我娘再次活跃起来，说：就是的，每次挤在你家小屋里看那个小电视，什么也看不清楚，特别扭！

我只好再次申明我的态度：我过的不是围绕电视的生活，我家客厅不需要电视，我的二号客厅暨茶室也不需要大电视，over。

晚饭时关于替换电视归属的问题总算被搁置了半个小时。放下碗筷，我拿起手机跟微信的朋友聊天时，我爹在一边说：为什么你觉得客厅里有电视就土了？我依旧头也不抬地说：你不认为家人或朋友在一起时应该吃饭聊天吗，为什么一定需要电视？我爹说：我明白了，家人朋友一起看电视就土，低头玩手机就不土，是吧？

最终的情形是这样的：在我哥的主持下，我爹我娘的客厅安置我赠送的大电视，替换下来的电视送入我家的茶室，而茶室的小电视搬去我爹的卧室，淘汰了他的老旧电视。

尘埃落定之后，我娘给我打来反馈电话：新电视尺寸上比老电视大不少，但是因为没有框，显得一点儿也不大。听口气她似乎挺怀念那个瓤不大皮儿却不小的旧爱。

我爹发来短信：本想新电视看球过瘾，结果被国足的臭球闹得心堵。

而我，坐在茶室的沙发上，面对着豁大的电视屏幕，心里比我爹还堵。

高医生

高医生是我的外甥 Randy，他的中文名字是高宥然。Randy 五岁去美国，十八岁考取医学院，寒窗苦读七年，于二〇一三年五月获得医学博士学位，并如愿以偿地成为纽约一家医院的住院医，由我们最初开玩笑的称谓“高医生”，变成了名副其实的“高医生”。

我记不清高医生在几岁时萌发了当医生的愿望，大约是十岁吧，我只记得他跟最爱的外公我的老爹说：阿外，你好好活着，将来我给你看病。他还跟他的教母我的发小邦子说：你就使劲闹吧，以后心脏闹坏了我给你换个土豆心脏。邦子缺心少肺地说：嗯嗯，我要好好地拍你马屁，要不然你非给我个发芽的土豆不可。

高医生的妈妈我的姐姐是学医出身，她深知从进入医学院到做医生后的种种不易，尤其是在美国学医，那是优等生之间的残酷厮杀，所以在儿子立志之后的七八年里，每隔一段时间就兜头浇下一盆冷水，要么说你看某某某学医学了一半无奈放弃，要么说不如学教育吧，你那么馋，当教师每年都有寒暑假，你能到处旅游吃好吃的，而每一次 Randy 都从容淡定地说：嘿，你别费劲了，我不会改变想法的。

Randy 云淡风轻地完成了他的学业，上大学后，七年中他每一次假期回国，我们都悠哉地泡在一起，延续他小时候喜欢的项目：四处闲逛，吃吃喝喝，打球游泳，比拼笑话。他绘声绘色地描述对中国菜的思念，谈论某一部我们共同喜爱的电影，开外公外婆的玩笑。我用从姐姐那里探来的情报问他，每天看十四小时的书，每周应对各种考试是不是很辛苦，他说：自己喜欢就一点儿也不觉得累，更何况，想到假期回中国吃好吃的，劲儿大着呢！

即便是对儿子要求严格的我姐，也从不否认 Randy 能成为一个好大夫，因为他有爱，对医学的热爱，对人的关爱，对上帝的笃爱。我姐姐曾经给我们发来一篇 Randy 报考医学院时写的文章，由我哥翻译成中文：

如果你问起我记不记得我最近一次发火是什么时候，我还真没法回答你。有生以来，我一直认为自己是个镇定、平和的孩子，我始终保持乐观向上的态度，脸上总是挂着微笑。当倒霉的事情发生在我头上时，我不会哭，只是变得很沉默。没有什么事能使我激动万分，但我却又很容易从身边微小的乐趣中得到满足。

人们很喜欢向我倾诉他们的问题，因为我是一个很好的倾听者，并且我不会被他们的故事搞得大悲大喜。我一般能够很快适应周围的环境，因为我懂得如何去享受生活。

但是渐渐地我开始不满足只是一味快乐地生活。看到周围的人都在寻求刺激和充满激情地生活，我也想和他们一样，遇到事情可以大哭或者狂呼乱叫。于是我决定冒一下险去寻求生命中激动人心的事。

可是很快我就发现，对我来说，很难有一件事值得去冒险。酗酒对我来说没有任何吸引力。就在我思考我的生命中大概就没有“激情”二字时，激情却找到了我。那就是耶稣所背负的十字架和那本厚厚的、黑色封皮的叫作《圣经》的书。

我一直觉得我人生中最幸福的一件事，就是拥有 Randy 这样一个亲人，我的幸福还在于，这个曾经淘气无比的孩子，从他十岁开始往返于中国和美国，在我的眼里我的心里，他就已经是我贴心的朋友。所幸的是，今后会有很多人享受高医生的贴心。二○一二年的感恩节，正在医院实习的 Randy 遇到一位八十九岁身患癌症的病人，老人在被告知自己病情后，不想再继续他的治疗。Randy 写下了这样一段文字：

我们离开了他的房间，但我觉得还有一些事没做完。第二天一早我来到他的房间，灯关着，我看见他坐在床上。我把灯打开，并问他感觉如何。他因一夜没睡两眼充满血丝。他一定想了许多事情，他的孩子们、孙儿们，还有他的一生。我意识到，这不仅仅是个我必须处理的病例，这是我的一个“邻舍”，是上帝呼唤我去爱的邻舍。我坐下来，做了一件医护人员甚少做的事，让病人畅所欲言。他对我讲了更多——他的生活、他做过的事，和他曾经的热情。我只是听着。最后我告诉他，虽然他已经八十九岁了，依旧有许多事值得他活下去。接下来，这位以前没哭过的陆军上校流下了眼泪。我们坐了一会儿，我握着他的手。他表示将接受治疗。

我意识到自己的幸福感所在，那也是“贴心”一词在“亲密”和“知己”以外的另一重含义：给予力量，让你不再惧怕。

老电影

我上海的大姑姑和姑夫来北京小住，八十多岁的美食家姑夫每天在我爹的厨房里炮制美味，我隔三岔五去吃，欢喜满足之余，就问姑夫：我能为你做点儿什么呢？老爷子说：我只想麻烦你一件事，给我找老电影《卡萨布兰卡》来看看吧。

我早就知道大姑夫是男主角亨弗莱·鲍嘉的死忠粉丝，而且死忠到从四十年代至今再没有迷过旁的人。几天后，我在家用大屏幕放映这部影片。或许是被大姑夫传染了，黑灯之后，我心里居然漾起小时候看露天电影时的期待与虔诚。再开灯时，我看到大姑夫脸上闪烁着幸福的光芒。他说：你知道吗，听到那曲熟悉的旋律时，我几乎哭出来了。

我爹也是个电影迷。我小时候总听他用英文一遍遍念叨美国老电影和男女演员的名字，那时不知是什么，就觉得洋气。他说他小时候，我精通英文的伯父经常去电影院为观众同声翻译，他跟着看蹭儿，所以凡是在上海上映的美国片，他一部也没落下。他给我讲《魂断蓝桥》《紧急下潜》《飘》《风流女窃》等，我幼小的心随着他的描述而盛开一朵朵浪漫的小花。我最最喜欢的片子是《This land is mine》，当时翻译叫《吾土吾民》。这句话我听了无数次，但我现在还能清晰地记得他第一次说的情景，那是七十年代末，当时我们俩正在老房子的小阳台上鼓捣他买回来的时髦玩意儿，一个相貌奇怪的手摇洗衣机。

我爹八十五岁那年，我送给他一个 iPad，并给他找到了拍摄于一九四三年的《吾土吾民》。我点开影片链接时，他阻止我说：等等，等等，现在不能看，我要找个没人打扰的时候，沐浴更衣，郑重地看。

我爹终于看了这部在他心头分量最重的老电影。他给我发短信说：看了电影，三天里看了三遍，犹如看到阔别六十年的老友，许多情节历历在目，查尔斯·劳顿是不可多见的性格演员，推荐你看，相信你也会跟我一样喜爱他。我近期还会再看两遍。谢谢你！

收到我爹短信的第二天，我和王老师去北京科影厂跟我的大学同学见面，他刚主持改造了一个一九三七年日本人建造的老摄影棚，这个已经是危房的老建筑被重新修整之后变成了餐厅。虽然旧貌换了新颜，但保留了木结构屋顶的高大空间霸气依然，坐在这里吃饭，不仅有大屏幕的老电影看，还有历史可以咀嚼。我在心里琢磨，换作是我，或许会考虑辟出一个完整的墙面，再放置一台小型升降机，让不同年龄的来客任选一个地方，写上自己最爱的一部电影名字，以及一句台词。若干年后，这又成为历史。

回家的路上，我问王老师：如果让你回忆年轻时最打动你的影片，会想起哪部？他不假思索地说：罗马尼亚电影《多瑙河三角洲的警报》，那时我刚上小学，我此生中第一部大片啊，有爆炸场面，有水上摩托穿越芦苇丛，太震撼了！

当晚我用同样的问题问在美国的朋友幼子。他说：我会记得一九七八年看的《尼罗河上的惨案》，结尾时波洛引用莫里哀的那句话给我印象最深：女人最大的心愿就是让人爱她。我觉得中文翻译有一点儿偏差，Moli è re 原文是：'La grande ambition des femmes est d'inspirer l'amour'。英译：The great ambition of women is to inspire love。准确的翻译应该是：女人最大的野心就是让人爱她。

我心目中的经典是《走出非洲》，最让我不能忘怀的情节是，斯特里普饰演的凯伦，准备跟随爱人丹尼斯去开始新的生活，她坐在搬空的屋子里，抽着烟翻看一本书。此时她的前夫走了进来，她抬眼看他，问：你想喝杯酒吗？前夫说：丹尼斯死了，飞机坠毁。凯伦定定地看着他，又低头看书，抽烟，然后抬头问：他们为什么派你来？前夫说：我认为我应该来。凯伦依旧静静地看着他说：老天，你真勇敢。

我回味这段台词之后没多久，我最爱的女演员斯特里普再度荣获奥斯卡金像奖。颁奖典礼上她身着一袭金色长裙，浑身上下散发着光芒，她打趣说：刚才听到我的名字时，我好像听到全美国都在说：怎么又是她！

我对着电视，泪水充盈眼眶，叹自己好命，能与这么伟大的女演员生活在同一个时代。我想，我爹和我大姑夫一定有过同样的念头，因为他们拥有亨弗莱·鲍嘉和查尔斯·劳顿。

| 家事 |

战上海

一九七六年夏天，我平生第一次坐火车，独自一人去上海姑姑家过暑假。比我大六岁的姐姐送站。三十年后她还回忆说：在火车站告别时看你细胳膊细腿儿拖俩大西瓜，觉得特可怜。

我到上海的第三天，唐山大地震，北京也乱成一团，全家人住到了我娘学校的抗震棚，我爹说：你别回来添乱了，在上海住一年吧。

有了这一年的肌肤相亲，我跟上海的关系便有了超越“祖籍”的亲密，其实更准确地说，是纠结。就好像跟一个有朦胧好感的人突然成了夫妻，庐山真面目清晰可见，神秘感消失，喜欢的和不喜欢的都一览无余。

到姑姑家的第二天，我就和小表弟在狭窄的楼梯口摆了小凳子“跐牛 B”(吹牛侃大山)。我们相向而坐，前一天还无比客气的姐弟俩，瞬间变成了你死我活的敌我双方，唾沫星子乱溅地争论北京和上海哪个更牛。他说阿拉上海有南京路，我说嗯们北京有王府井，他说上海有人民广场，我说北京有天安门广场；他说上海有大白兔奶糖，我说北京有王致和臭豆腐……我们声音越来越大，围观看热闹的人也越来越多，说到后来，俩人大腿拍得山响，一副要动手的架势。最后一个回合，他拿出了撒手锏：我们上海有全中国最高的二十四层楼国际饭店！我蒙了，边上有人起哄说：小北京港特了（傻了）！我几秒钟后站起身振臂高呼：我们北京天安门城楼镇你们全上海镇全中国，四十八层楼也白搭！

其实我的死敌不是性情乖顺的小表弟，而是他哥哥我的大表弟。我们两人关于北京好还是上海好的争论一直持续了几十年。小时候我们当真从文斗演变成了武斗，肉搏到床底下过。直到几年前，他还会在电话里幸灾乐祸地说“电视里看见北京的沙尘暴很牛逼啊”，我立刻回嘴“上海倒春寒啊听说，也没个暖气还扛得住吗？”我们甚至为了上海桑塔纳和北京索纳塔也要唇枪舌剑一番 。

转眼就到了当年相识时我们父母的年龄。几十年中，许多东西都改变了，不变的是我们之间的相互诋毁。无论多久不见，北京上海直接开战。我们互拍板砖的内容与时俱进，态度也越发谦和淡定。即便偶尔某一方言语刻薄，对方也会一笑而过。我想，让我们保有这份从容的原因，除了亲情，除了年龄，还有我们各自所属并为之骄傲的城市。

几年前我去上海，专门拖着猫爸跑到姑姑已经搬离的老家去看了一眼。站在过去开敞现在拦了铁门的弄堂口，心里突然就涌上一股文学作品般的感慨和惆怅，我只身一人“战上海”的岁月，那些身世不同、清高的或俗气的老邻居们在眼前一一走过。

又去看了我爹家的老房子。同样在弄堂口，拍了照片给老爹发短信，跟他开玩笑说：要不要在这里给你买套房子过来住？他很快回信说：还是喜欢住在北京，上海有太多回忆，我的老心脏已经承受不了那份沉重。

离开上海前我去老字号“王家沙”买了我爹喜欢的肉粽，又去著名的咖啡馆和甜品店“凯司令”买了他最爱的黄油烤面包片“别司忌”。我理解老爹的话，美好的回忆无须原影重现，一点点涟漪，轻微地荡漾，足矣。

在上海时间太短，没跟表弟见面掰扯北京上海。即便今后说起，我也不会跟他抒发对上海的怀旧之情，这明摆着是给他输送炮弹。

其实表弟对北京也有纠结。他上小学时曾准备在北京借读一年，结果只待了三个月。他因为上海口音，在课堂上把“赫鲁晓夫”读成“黑鲁晓夫”，被同学好一通嘲笑，这暴脾气当即大打出手，把对方抓了个满脸花。那孩子的父亲是有名的蛮横之人，扬言要断他一条腿，吓得当校长的我娘赶紧将他送回了上海。

我们在关于北京上海的论战中，范围再广，也从不涉及这个事件。我不提，是把他当年的落魄而逃看成他的一个“短”，觉得揭短不厚道。

不知这骄傲自大的上海小子心里怎么想。也没准，在他眼里，北京小屁蛋被他打得落花流水，是北京人的“短”呢。

在这个回合上，算打个平手吧。

生存还是毁灭

我的表弟，那个小我一岁、总跟我打嘴仗的上海大表弟，在二〇一二年三月十五日，突发大面积心梗，骤然离世。

上海的表姐告诉我这个消息时，我正在给刚做完腿部手术的猫爸煮面，举着电话，半晌无语，面汤与我的泪水一起溢了出来。

这之后的每一天，很多时间里，我眼前来来回回晃动着表弟那张总是快乐的脸，还有他吃饭时盯住一盘自己喜欢的菜，眼不错珠地一口气吃光的画面，这个活得不羁的人，连死亡的方式都那么任性，短短的几分钟，手都不挥一下就绝尘而去，让人在悲伤之外，也不乏羡慕。

表弟去世前的几天，在父母家中对告诫他注意健康的老两口笑着说：没事，大不了就是个死嘛，我这个人不怕死！在表弟看来，与其活得小心翼翼毫不自在，还不如不活。多年来他在自己不怕死的豪言壮语鼓舞下，无视年龄和各种不正常的身体指标，一意孤行地放任着自己。

表弟的离世，让我再次面对很多年来我时常想到的一个问题：我们是该由着性子逍遥自在地活，挥霍着过，还是将人生划分为阶段，严谨理性按部就班地匀着过？

依照我“瘾君子”的本性，我会选择前者。从很年轻的时候开始我就喜欢过那种混杂凌乱不受拘束的生活，抽烟、喝酒、熬夜、肆意吃喝，满心期望就这么一直过到生命结束的那一天。但事实上我并没那么敢，确切地说进入中年之后的大部分时间里，我注重饮食健康，保证运动量，限制烟酒，因为我不想变成一个有大肚腩、走路呼哧带喘、晚年因为病痛而生不如死丧失尊严的女人。

比较起那种把日子过得丝丝入扣、靠谱到无趣的人，我更喜欢那些活得浑然忘我、过得有今儿没明儿的人。我得承认我的这种喜欢具有残酷的一面，我欣赏的仅仅是他们今天的放纵，我无须对他们的明天负任何责任。

说自己不怕死的表弟，貌似用他的行动实践了自己的无畏，但我相信实情并非如此。他不是不怕死，而是他压根儿不认为自己真的会死。因为我知道，即便他豁得出去自个儿，也豁不出去深爱他的年迈双亲、一向依赖他的妻子和未成年的儿子。

这便是我想到的另外一个问题。以我们从小摸爬滚打混战过的友情，我知道表弟用各种嘻哈逗乐遮掩了很多内在的纠结，那是任何一个上有老下有小的中年男人都绕不开的各种麻烦。而在他真实的内心里，却躲藏着一个拒绝长大的孩子，这个未成年的孩子以种种恶作剧来反叛社会的规则和成人的教诲，并且拿自己的身体做赌注，直到耗尽弹药和能量，呼吸戛然而止。游戏结束。

我哥哥代表我们全家到上海与众多亲友一起为表弟送行。他跟我说，这天是表弟的儿子十八岁生日，他从美国赶回来，在葬礼上为父亲致悼词，出人意料的从容和成熟。哥哥说完又给我补发了一条短信：那家伙躺在那儿特别安详。我回复说：因为这小子一点儿罪也没受啊。

我相信，如果让表弟再活一次，他照样会过这种放任的生活，即便知道会中途退场。

因为像我这样已经洗心革面改邪归正的人，也依然喜欢在某个狂欢的夜晚让自己毫无顾忌地放纵，然后在喝得眩晕时快乐地想，生命就此结束也无妨。

生存还是毁灭，永远是个问题。

与奶奶干杯

一年前堂妹打电话给我，说她父亲的学生正在为老师写传记，想要些家族的老照片，而她的父亲我的大伯去世二十多年了，爷爷奶奶以及大伯旧时的照片只能来找我爹寻要。我从我爹几十本照片簿中找出历史最悠久的那一本，仔细翻看着，瞬间穿越回一百年前，整个晚上以至于连续好几天都回不过神来。我爹在相册的扉页上写道：我父早逝，卒年仅三十八岁，五个孩子分别是兄长十三岁、我八岁、弟弟七岁、大妹妹六岁、小妹妹四岁，家中尚有舅母、姨母及表兄弟，全赖我母辛劳操持和教育，才有我们后来的成长，我一辈子最感恩的是我母亲，永远在缅怀她。

我感觉我的魂儿被照片上奶奶的眼睛吸了进去。照片跨越了几十年，奶奶的眼神始终温婉沉静，我从她的脸上看不到丝毫的悲或喜。从小到大，我无数次听我爹谈论起奶奶，小时候羡慕奶奶出身于有钱人家，又门当户对地嫁入豪门，锦衣玉食，生活讲究，年龄大了之后懂得欣赏她的字与画，崇拜她的傲气与才气，直至如今，人生走了一多半，才懂得她作为一个寡居女人的不易，敬佩她掌控一个大家庭的才干与智慧，才能透过那份表面上的淡然窥视到她内心的丰盈，也理解了她何以在我爹心目中有那样至高无上不可替代的位置。继而想到，从未与她在这个世界相遇过，应该是我此生最大的遗憾之一。

有一年我去上海与年过八旬的小姑姑一起吃饭，我们一杯杯地喝着黄酒，她告诉我，之所以有这么好的酒量，皆因年轻时每天晚上入睡前都要被姆妈拉着喝上几杯。我能够想见，照片上那个喜怒不形于色的美妇人，我的奶奶，在一大家子人歇息之后，在小女儿的陪伴之下，享受自我辰光时的惬意。

我娘几番跟我说起过第一次上门见未来婆婆的情景，那时她这个福建海边长大、大学毕业分来大上海不久、稚气未脱的学生妹，见到衣着讲究、不苟言笑的奶奶，慌乱得语不成句，一趟趟往厕所跑。我心里不免为我娘叫屈，有奶奶这样的女人比着，我爹可谓曾经沧海难为水，我娘从一开始就输在了起跑线上。

我常和我姐姐说起我们的痛楚，那就是我们既没有遗传到奶奶的姣好长相，也没秉承她的绘画天分以及管理才能。我们早就共同注意到一个残酷的现实，那就是我爹的上海亲戚和我娘的福建亲戚，都争抢着说我哥像他们家人，我姐愤愤地说："你看，没人抢咱俩吧，原因很简单，他长得漂亮，咱俩难看呗！"

于是我得空就埋怨我娘，你干吗生我们俩的时候就不用心呢，把男孩子生那么好看有什么用？我娘脑子转不过弯来，每次都认真辩解说：你们俩一点儿也不难看，主要是气质好。我爹在一边起哄说，你妈的意思是女孩子才不需要那么好看，自古以来红颜薄命啊。

事实上，学生物学的我爹、学医学的我姐，以及崇尚科学的我，都相信遗传学，外人也总是在看奶奶的照片时指出我们的某些相似之处，这好歹给我们些许的安慰。姐姐的人生经历了比我更多的坎坷，甚至与奶奶有若干的重叠，她的坚韧与毅力，让我像崇拜奶奶一样，从心底敬佩她。而曾经沧海的我爹，在若干个与我一起喝咖啡拉家常的下午，夸我像奶奶一样具有包容大气的胸怀，这让我暗生得意。

让我欣喜的还不止这点儿，我终于为自己无数个夜晚把酒小酌找到了解释，那必是冥冥之中在向我从未谋面的奶奶致意呢。

接客季

每年的六七八三个月，不年不节的，却是我一年中最忙的时候，我将这个季度命名为“接客季”。

小时候看电影喜欢学说台词，我最爱学的是《铁道卫士》里特务开会时神秘而又兴奋地说的那句：海外来人了！

十多年来，一进入六月，这句台词就总挂在我嘴边。有人拉我聚会，我谢绝，因为“海外来人了”；朋友约出门旅游，我不去，因为“海外来人了”；挣钱的活儿，不接了，因为“海外来人了”，甚至我连出差公干都能赖着不去，原因也是“海外来人了”。

每年海外最早来的人，也是接客季第一个报到的，是我的外甥Randy。这小子五岁那年去美国，十岁时第一次回来，往后的十来年里，几乎每个夏天都回来看望外公外婆和我这个小姨，而且几乎都是一个人独行。一个又一个夏天，我看着他从一个婴儿肥的小圆脸变成了长胡须的医学院大学生，到成熟矜持的高医生，从看不懂中国电视到满嘴俚语的京片儿，我们一起寻吃觅喝，游泳，打网球，讲笑话，看电影，闲逛，我的一个又一个夏天因为有他而吃喝玩乐得近乎疯狂。

姐姐姐夫、闺蜜、大学同学、知心好友、好友的孩子们、以前出版社的同事、表姐堂哥、朋友的朋友，以至于哥哥的朋友、姐姐的朋友和孩子、同学的外甥女……都是接待季里我家的座上客，来客涵盖了美国、德国、日本、加拿大、澳大利亚、新西兰等多个国家，我的客厅也因此变成了不挂招牌的“春来茶馆”。

我这个“阿庆嫂”提供的可不仅仅是茶水，还有一日三餐、大鱼大肉、咖啡甜点，以及客房服务。我有一个专门写菜单的小本子，记录了我几个月里写下的无数菜单，我的搭档王老师说，你都留着别扔啊，以后能从中找到做菜灵感，兴许还能出书呢。我还真有点儿后悔没听他的话，出书是玩笑，找灵感是真的，但最要紧的，是里边隐藏了多少欢聚的故事情节啊。

除了绞尽脑汁琢磨流水席的菜式，我还得花心思对付家里受惊扰的猫儿们，收拾它们打击报复的残局。这些见不得世面的家伙，一有客来，就做些暗地里捣乱破坏的勾当。它们的常见把戏就是报复性地在客房的大床上撒尿，最有戏剧性的是，我家众猫的带头大哥年糕，居然钻研出拧开客房门把手的独门绝技，我亲眼得见它溜门撬锁成功后，别的猫鱼贯而入，几分钟后留下尿骚味离开，作案者不明。

最夸张的一个夏天，我家客房一个月里连日客满，这拨客人上午收拾行李奔了机场，下拨客人傍晚即到。我从机场回到家，一溜小跑冲进客房撤下床单，开动洗衣机和烘干机，再冲进浴室换上干净的毛巾和新牙刷，偶一抬眼，看到镜子里自己汗流浃背披头散发的模样，突然就想到日本的爱情旅馆。一位在那里打过工的朋友说，店里明确规定不能让客人看到服务员，因此他们要在房间的客人离开后的数分钟内手脚麻利收拾打扫，然后快速闪身走人。

更为夸张的是，有一年接客季还没过，我即发现脑袋上有块拇指盖大小的斑秃。最后一个离开的朋友在机场与我相拥告别时，满怀歉意地说：我不知你那块秃了的头发里有几根是我损耗掉的，我代表所有的肇事者说声谢谢你和对不起！

小时候跟电影里学说“海外来人了”那会儿，我绝不会想到，几十年后我会如此密集地接待海外来人，并能乐此不疲地享受这份劳碌。九月初，北京告别盛夏，我火热的接客季也告一段落，但我的身心却像倒时差一样难以适应突如其来的清闲。上午醒来，照例急匆匆翻身起床，转念想到无客可接，一面懒洋洋地赖床，一面心有惆怅。

老莫

公婆带着他们的小孙女从上海来北京，盘算着去颐和园玩，我这大内总管头天晚上躺在床上，脑子里琢磨的全是从颐和园出来到哪儿吃饭的重大问题。我闭着眼睛从西向东捋，突然就想到了老莫，一时兴奋不已。上海有红房子，咱北京有老莫啊，况且对老年人而言，去有历史的莫斯科餐厅比去那些新派馆子搭调。

第二天早上一睁眼，赶紧订位。给老莫打电话前，我先打了两通电话，一个是打给我爹，刚蹦出颐和园三个字，他就说抱歉腿疼走不动，待我说到老莫，他迅速改口，说，好好，我和你妈倒也好久没去过颐和园了。另一个打给我哥，他也是先拒绝，说最不喜欢在外边吃饭，听说是老莫，立马不打磕巴地说下班后直接过去。第三个电话打到老莫，接电话的男人没等我说完，就回说：订位已满。我问是不是没座位吃不上了？那边说，也不是，如果你一开门五点就来，肯定有位。我不明白，追问说：有位为什么不给我订？那边不耐烦了，说：都订还得了啊？一个位子不留人家来吃饭的怎么办？！

放下电话，我气得想笑，不愧是老莫，不改北京大爷那爱谁谁的范儿，爱吃不吃了您呢！我做出了下午四点从颐和园出发的决定，即便堵车，五点以前也能赶到老莫。对我这吃货而言，这一天老莫是主菜，颐和园只是开胃菜，至多是道头盘。

一行人在昆明湖边转悠的时候，我脑子里就在点菜了，老莫的菜谱多年来基本一成不变，早就烂熟于心：红菜汤、冷酸鱼、首都沙拉、奶汁烤鱼、铁扒杂拌、罐焖牛柳、炸猪排、黄油鸡卷……有一回我一小哥们打来电话，说在家看叶京导演的电视剧，看得昏天黑地，半夜里就特想吃回老莫，但不知该怎么点菜，我就来了个报菜名，嘴上功夫着实让对方佩服。

我记忆中最早一次吃老莫，记不清当时上没上小学，记得清的是脑袋上方空旷的穹顶和身边紧贴的人。那会儿不兴在门外等位，我们一家每人身后都有人踩着椅子掌儿，脑袋几乎扎进我们的盘子里。我清晰地记得，在服务员撤下盘子碗碟端上冰激凌的时候，身后传来一声天津口音绝望的哀叹：介你嘛吃的够全的啊！

还有一次吃老莫也难忘，好像我正读高中，住在我家楼下的一个女孩子请客。那会儿已经开始在门口等位了，我们俩在老莫门口站得两腿发麻身子打晃，才被放进餐厅，而且是跟两个长得又土又痞的男孩子拼台。那时规定每桌客人只能点一瓶啤酒，我们把指标让给了他们，吃到一半时，一个男孩凑过来喷着唾沫星子说：滴水之恩当涌泉相报，更何况是一瓶啤酒呢，咱们交个朋友吧……我们俩吓得扔下盘子里的半拉炸猪排就跑了。

对于我等有老莫情结的人而言，不管有什么样的新馆子出现，老莫都是一个吃饭的圣地，甚至去老莫不能叫作吃饭，是朝拜。我的好几个生日是全家在老莫过的，我的外甥从美国回来去吃，姐姐姐夫回国也去吃，嫁到外地的好友回北京更去吃。我们对西餐的认识起源于老莫，我们喜欢一群人挥舞刀叉不必酸文假醋正襟危坐而是用吃中餐的方式吃西餐，我们甚至不把老莫当成西餐。我们看着老莫经历改变又回归，老莫也看着我们从年幼到沧桑。

我们一大家子和客人五点钟昂然走进老莫，落座时相互嘲笑说这哪里是吃西餐啊，整个一农民进城。老莫高高的穹顶并没有因为我们长大而变矮，每次来都不免赞叹，有外地人时还不由自主地多出一份扬扬自得。

老莫给我这个北京人的面子，也仅限于饭前。从服务员开始出现，我就回到了改革开放前。服务员面无表情，或者说典型的老莫表情，记完了我一口气背下的菜名，抬头说：不够吃！我又加了俩菜，见她依然定定地看我，便心虚气短地说：我们这里都是老弱病残的，差不多了。对方还看着我不说话，我赶紧把其中的两样菜改为双份。

老莫的上菜速度可以用“神速”来形容，从面包黄油到冷盘、汤、热菜，几个服务员穿梭往来，眨眼之间杯盘碗碟堆满了一桌子，我们一边艰难地寒暄一边快速地吃着，手忙嘴累心急，有一忽儿我像回到了小时候，恍惚中仿佛听到身后等座人的喘息声。

七点钟，往常我家还没开始吃晚餐的时间，我们一行人已经吃喝完毕站在了停车场里，而且是在吃了甜点、冰激凌，小侄女跟唱歌的俄罗斯大妞合过影之后。菜点多了，我们每个人都腆着肚子。

因为公婆对老莫没有任何评价，也因为吃得混乱，我又不免心虚起来。回家的路上，我问猫爸：你说咱们来老莫究竟吃什么呢？猫爸说是啊，现在无论从哪方面论起来，老莫都不及法国饭意大利饭西班牙饭啊。我脑子里的血虽然都去了胃里，但还是支离破碎地回放了一些旧日的镜头，然后自说自话道：可能吃的就是与青春有关的日子吧。

家事

有老年人的咖啡馆

我爹在我家喝着咖啡，吃着松露巧克力，看我法国之行的照片。我在边上絮絮叨叨地讲解。

我爹不屑地说：这么半天看的听的全是吃，除了大吃大喝，就没点儿别的感受啊？

我说：有啊，最大的感受是那些吃喝的人。确切地说，是那些吃吃喝喝的老年人。

在巴黎，无论泡咖啡馆、去餐厅，还是闲逛时向咖啡馆或者餐厅张望，发现消费的人群里，中老年起码占六成。这和举目望去全是小年轻的国内餐厅酒吧形成鲜明对比。

即便是寒流来袭，温度骤降，也没有阻挡巴黎人外出嘚瑟的脚步。第一天到达巴黎的晚上，猫爸的好朋友从离我们不近的住处赶来请饭，我们喝着吃着聊着，酒足饭饱之后已是十点多钟，从二楼的餐厅走下来时，发现一楼大厅里满满当当的人，衣着光鲜三五成群地喝着开胃酒在等位。 朋友说：咱们吃得早，对法国人来说，夜晚才刚刚开始呢。我快速地扫了一眼，发现其中年轻人比例远不敌中老年人。

在后来我们吃饭的每一家餐馆里，目光所及皆是衣冠楚楚的老男人和衣香鬓影的老女人。即便是在下着雪的阴冷下午或是午夜的咖啡馆和酒吧，也能看到不少在室外暖炉边上抽着烟眉飞色舞侃大山的祖父母级人士，他们优雅的姿态让我感动，感叹。因为在我的国家，这个年龄的人，多半从早到晚都在帮自己的儿女操劳他们的儿女呢。

记得八十年代末，我采访一位言谈举止皆异类的女作家，谈起她不喜欢深圳的原因时说：“一个没有老人和狗的城市，肯定是一个毫无味道的城市。”这句话当时我还无从理解。时至今日，在随处可见老年人和狗的我们这个城市，她的话或许可以变为：“一个餐厅或酒吧里没有老年人在消费的城市，肯定是一个毫无味道的城市。”

不知什么原因，我喜欢有老年人用餐的餐厅或者咖啡馆。几年前，我的大姑姑姑夫和小姑姑姑夫四位老人从上海来北京玩，我带他们以及我父母六位老人去吃西餐，我不时观看这几个悉心打扮了的老人，看他们带着开心满意的神情小声谈笑，那做派跟洋气的餐厅很是搭调。望望周边，居然有不少知识分子气质的老年人，以及头发花白的中年人在安静地用餐。暖洋洋的中午，悠然散淡的氛围，让我的内心里满是幸福。

我的美食家大姑夫，收入不高，却十分注重也善于享受。去上海时，我拉他一起下馆子，别人点完菜，他补充，而这补充的一两款，永远是最出彩的。他跟我说自己算不得什么，他最钦佩的是他的亲家、儿童文学作家和翻译家任溶溶，一个生活在上海的广东人，名副其实的美食家，现在身体不好坐了轮椅，依然每周两次让阿姨推着出门下馆子。

我常跟我爹打趣：如果我开咖啡馆，一定让你和你的朋友们白吃白喝坐那儿给我当托儿。我爹说：我们可怜啊，我的上一代会享受，下一代也会享受，只有我这一代以吃苦为乐。想当年，我跟你妈在上海谈恋爱，花了不到两块钱吃西餐，一顿饭就搞定了。又说：其实我现在的收入喝喝星巴克、下下馆子没问题，可悲的是，我已经没有这些消费习惯了。

听我爹说过一个感人的故事。有一年他去上海，在以前熟悉的街上和弄堂闲逛，突然想起大学时经常一起走路回家的同学，即兴拔腿过去敲门。此时他对老同学近况甚至搬没搬家都一无所知。应声开门的居然就是此人。更巧的是，他早已定居加拿大，此番是偶然短期回国。两个人跑到街角的咖啡店，喝着咖啡畅聊往事，无比的兴奋和感慨。

转年的春节，我爹往加拿大打电话拜年。接电话的是老同学的女儿。她说爹地从上海归来不久就过世了，癌症。我爹不胜唏嘘。那次跟老同学相聚时，他已知自己是癌症晚期，回上海是为自己料理身后之事，喝咖啡时他谈笑风生，关于自己的病情只字未提。

这个故事或许可以用来解释，我为什么对有老年人的咖啡馆情有独钟吧。

拥抱与高潮

《天堂电影院》是我最爱的电影之一，十多年里看了很多回，每个年龄段有不同的泪点。岁数越大，越喜欢影片最后的高潮部分——当年痴迷电影的少年托托已经是功成名就的大导演，回到小镇上参加老放映员阿尔弗雷多的葬礼，他打开老人赠予他的遗物，是从很多部影片中剪辑下来又拼接在一起的接吻镜头。在眼花缭乱千姿百态的吻姿和埃尼·莫里克奈荡气回肠的音乐中，各种柔情缱绻的吻，让银幕上的托托和银幕下的我不能自已。

现实中，我喜欢拥抱。它没有吻那么透彻和销魂，但是包容了更丰富的感情，尤其是其间的暧昧与不确定，让人有更多的回味。

小时候，我爹先后被遣送到东北和山东劳动改造，很多年里，全家人因此而不得不面对一次又一次的相聚和分离。记得有一次我爹寄给我娘一篇文字，写到我哥背着他的行李送到大院门口的车站，放下行李看看他，一句话没说转身离开了，他伫立良久，望着小小的背影远去，心里十分伤感，这篇文字我读了很多遍，觉得不亚于朱自清的名篇《背影》。现在想想，那时候他心里一定非常渴望跟这个半大小子有一个拥抱。

我的姐姐和哥哥在九十年代初相继出国留学。我姐走的时候，儿子两岁。出发前的早晨，她俯身长久地拥抱熟睡的儿子，小家伙以为妈妈照旧去上班，半梦半醒中哼唧着说：慢慢骑，别摔倒。这句话在后来很多年里，成为我们家人道别的专用语。

一年之后我哥出国，我们全家老小到机场送行，一向话少的他和我们一一拥抱作别，看不到他人影了，我们还舍不得离开，后来一行人走出机场，三岁的 Randy 突然打破沉默问道：舅舅在飞机上会打小孩吗？一句话引得我们全体破涕大笑，此话缘于不久前他按断了我哥好不容易接通的国外长途，做舅舅的第一次也是唯一一次挥手拍了他一记。

Randy回国的次数多了，中文说得越来越好，并且每次都会活学活用。他知道“同志”在中文里有两层含义时，觉得十分有趣，有一年在机场，我爹与他深情拥抱，久久不愿放手，半晌，他拍拍外公的脸颊，说：“多保重啊，老同志！”我们又一次破涕大笑。

家人之外，我最多的拥抱来自于同学。我们大学同班同学每隔一段时间便会小范围聚会，大家开怀饮酒，肆意快活。有一回酒酣之际听田震的一首老歌，她沙哑地柔弱地温情款款地唱道：“我要你靠近我抱着我，好好爱我，我会给你，我会给你，所有的快乐。”众人随之合唱，并相拥起舞，那一刻，我们拥抱着过去、现在和将来，亲情、柔情以及曾经的和未来或许会有的爱情。我们越来越老，但是我们知道，前行的路上，有了这份感情，我们将不孤单，不害怕。

二〇〇八年夏天，我大学同年级的一百多人搞了一次盛大的聚会，之前一年多的时间，我作为筹备组成员之一，负责编辑和设计一本由同学撰写的纪念文集。半年多的时间里，每天收到陆陆续续的来稿，忙不迭地编辑整理设计，情绪逐渐被拉回到过去的岁月。我止不住想象老同学见面时刻的情景，心里隐隐地期待看到和得到很多很多的拥抱。我甚至想，聚会当天，不如让摄像机捕捉一个个久别重逢的拥抱画面，再剪辑成一部小电影，让它们成为我们心中的经典，永久地定格。

我在同学聚会之后写了一篇名为《寻找高潮》的博客，讲述自己聚会后发烧，好像一直在高潮中，又仿佛高潮没有真正来临的心情。我在最后写道：“那天是豹子开车送我回家，一路上我们沉默居多，记得下车时，我情绪低落，那该是发烧的前兆，也许是高潮之后的衰落，我对豹子说：没有什么是长久的，对吗？他以三十年来我见过的最正经最严肃的口吻说：不，你要相信，爱绝对是可以长久的！”

跟帖中多为参加聚会的同学，一位说：高潮永远在想象和期待中，享受高潮不如享受这种期待。

另一位说：一般来说总是这样，灿烂之后寂寥，光鲜之后黯然，可咱们是曲终人不散，酒醉心不碎，我备了好酒，候着下次高潮。

还有一位说：要获得高潮需要投入和默契，想投入就要放得开，将真实暴露出来。这点儿我们中国人不容易做到。与其说是矜持，不如说是戒备。我们害怕被拒绝、被轻视，甚至害怕由此被利用。就像猫露出了肚皮，那意味着要放弃防护，才能将最柔软最敏感的部位暴露出来享受温存。至于默契，就更难能可贵了，尤其情感高潮，何等的令人向往和难以体验得到，那门槛太高了，那指的肯定不是酒喝高了被麻醉了神经认知能力降低而焕发出来的激情，一定是基于对彼此的深入了解以及对生活共同的认识和体验而发生的强烈共鸣和感动，是生活的高境界，人生的终极体验。如果一辈子有那么几次体验也不枉此生了。

让我从发烧的混沌中清醒过来的，是一个匿名发表的跟帖：潇潇，你知道这个世界有什么可以让人感到有趣、踏实和温暖吗？那就是还有你这样的人在人群中奔忙着。我只是看着，但我懂得。结果并不重要，一点儿也不重要，重要的是我们有你。

我至今不知这个运用了我此生最爱的三个词“有趣、踏实和温暖”的人是谁。但我相信了王老师说的话。跟我一起忙碌大半年，担当了所有设计大任却没能出席聚会享受拥抱的王老师，一本正经地说：没有一种爱可以代替一种爱，所有的爱都会长久永远，向记住爱的人致敬。

我的朋友、精神科医生晓白教授说过这样一段话：对一个行为的惩罚，如果需要等到很久才能到来，这种预想的惩罚通常不足以阻止这个行为。吸烟如此，有的时候，婚姻也是如此。

我想补充说，对黑夜的眷恋也如此。

白天不懂夜的黑

二〇一二年三月至四月间，我在经历一种“转型”的痛苦，由晚睡晚起向早睡早起过渡。

说过渡并不准确，因为实际上没有任何过渡，前一天还和我的猫一起睡到中午自然醒，第二天开始就闻鸡起舞了。变化源自猫爸摔伤了腿，住院，手术，休养，生活不能完全自理，在他离开拐杖之前，我有责任充当他的另一条腿。

身残志坚的猫爸在手术出院后不到两个星期就开始上班了。为此我每天依然要早起伺候他沐浴更衣吃早餐，然后拎包拿拐出门，这样的情形要一直延续到他行走自如的那一天。

即使不当着猫爸的面，我也要说，我的行为出于自愿。问题是，动机良好，后果却不那么良好。我的身体在被闹钟唤醒之后，完全不受大脑的支配，更何况大脑压根不情愿支配。于是清晨的我经常面部表情僵硬，还经常有牛奶没倒进杯子里咖啡洒在大腿上的情况发生，这让眼里不揉沙子的猫爸非常怀疑我对他的感情。

猫爸上班之后，漫长白天里的大部分时间，我像个幽灵一般在屋子里飘来飘去，连习惯了跟随我的猫们都乱了阵脚无所适从。晚饭后的情形则更令人沮丧，十点刚过，我就像个断了烟抽的大烟鬼，哈欠连天，搁以往，这会儿我的夜晚还没开始呢。

其实我的身体很快就适应了转型，人在起床的十六个小时后必然会产生困意。问题出在我的意识上。就像我哥戒不掉他的烟瘾一样，我也戒不掉对黑夜的瘾。

我对黑夜上瘾已久。我回顾自己熬夜的历史，好像从记事起就开始了。从小我就是个夜来欢，那时我们大院里的小朋友经常玩捉迷藏，范围包括几栋楼房和周边的菜田果树苗圃，我因为胆大经常躲到男孩子也不敢去的黑地儿里，一躲就是半夜，找不到我的对手都回家睡觉了，我还在沟里或者树上猫着，有时候一个人又冷又饿，但从来没困过。

说起来我这个资深夜猫子是有出处的。我家上老下小都好熬夜这口。八十多岁的我爹在夜里两点以后入睡是常事，我娘喜欢外国小白脸，每晚必追十点开始的海外剧场，两集电视剧下来快十二点了，连个瞌睡都不打。我记得外甥 Randy 十二岁那年回国，有一天晚饭后跟我聊圣经讲基督，说到半夜快三点，我让他睡觉，他说，我最喜欢夜里这样聊天，从小就觉得不睡觉是件特美的事。我的侄子 JC 每次来我家过周末，虽然游离在聊天的众人之外，但回回都提出晚睡请求，最终被我嫂子恩威并施之后强行带走。

本来一家人彼此互不干涉地熬着夜挺好，但自从我娘自从把观看兴趣从外国小白脸转向“养生堂”之后，便孜孜不倦地主攻两件事——让我哥戒烟和让我戒熬夜。每次全家人饭后聊天，无论什么话题，她都能插入这两条线索并且贯穿始终。我可以肯定，如果让我娘编一本万年历的话，她会在每一页都写上：忌抽烟，忌熬夜。

虽然我娘的碎碎念对我和我哥的行为没有形成任何制约，但时间久了也颇具钝刀杀人的功力，我的夜晚独欢因为掺杂了对健康的顾虑而变得不那么纯粹，偶尔还真生出了“熬”的感觉。我相信我哥在家人面前掏出香烟的时候，肯定也是同样的不爽。由此，当猫爸腿伤之后，我娘在第一时间过来慰问，并叮嘱说“你要把坏事变好事，趁机把熬夜这个坏习惯改过来”的时候，我头一次对我娘的话上了心，并随之生出一种“送爱人上战场”的悲怆之感。

跟黑夜说再见实在是太艰难的一个决定。在我看来，夜里一切都是美妙的，无论一群人喝着小酒或者酽茶聊天，还是一个人看书看碟，甚或洗衣搬花挪腾家具，哪怕是无聊发呆看猫睡觉。黑夜之美在于整个世界完全属于自己，很安静，很缓慢，很懒散，很肆意。如果可以，我希望此生永远在东方鱼肚将白时睡下，中午太阳耀眼时醒来。

我在黑夜里自得其乐时，常想起年少时就为自己设定的最理想的死亡方式——黎明到来之际，带着对黑夜的一丝不舍，含笑撒手人寰。

猫爸在连续一个月面对行尸走肉般的老婆之后，终于心软了，说，等我生活自理了，你该怎么活还怎么活吧，别回头再抑郁了。我又感动又悲伤，一时无语，在心里唱起那首《白天不懂夜的黑》：白天和黑夜只交替没交换 / 无法想象对方的世界 / 我们仍坚持各自等在原地 / 把彼此站成两个世界……

我的朋友、精神科医生李晓白教授曾经写过这样一段话：对一个行为的惩罚，如果需要等到很久才能到来，这种预想的惩罚通常不足以阻止这个行为。吸烟如此，有的时候，婚姻也是如此。

我想补充说，对黑夜的眷恋也如此。

男大夫

二〇一二年六月初，我的姐姐姐夫从美国回来探亲，说起正在医院当实习医生的外甥Randy，已经内科外科精神科地转了一圈，时下正奋战在妇产科，连看病带接生，忙得不亦乐乎。我们看着Randy穿白大褂架着听诊器的照片，找出他五岁时在幼儿园哭着表演小白兔的旧照，唏嘘感叹。我娘啧啧地说：多好啊，我就最喜欢男大夫了！

我突然就穿越到姐姐三十年前读医学院的时代，记得她周末回家跟我灯下夜聊时说：我们班有的男生特德行，上别的科实习都吊儿郎当的，一到妇产科就来精神，动不动就去查房。我问她有没有看得上的男生，她撇嘴说：我才不找男大夫呢！

事实证明，姐姐那些当年热衷查房的男同学，后来都成了挺出色的男大夫，她班上也有不少女生跟男同学相恋成家，比翼齐飞，不论在国内还是国外，大多过得不错。

我知道很多男人有女护士情结，很多女人有男军人情结。对男大夫有幻想的女人有多少，就不得而知了。我娘绝对算得上一个。我非常确定，若时光可以倒流，她一定会想辙嫁个男大夫。这一方面出于对他们救死扶伤者的崇拜，一方面出于她对自己健康状况的格外关注。

可惜现实生活里满足我娘幻想的男大夫少之又少，她的医生偶像都来自电视屏幕，而且外国的居多。记得十来年前她因心动过速需要做射频消融手术，熟人推荐了一个业内权威，初诊时惜言如金的男专家大夫，看完她的病例，面无表情地说：这就住院吧，下午就手术。我娘从嘴唇到双腿一起筛糠，打着战说：啊，这就做啊，我……准备一下再说吧。对方凶巴巴地说：准备什么啊你又不是医生，你想在家哆嗦一礼拜瞎琢磨睡不着觉啊，赶紧的！我娘只得乖乖就范。

虽然事后我娘和我们全家都庆幸她遇见这个艺高人胆大的大夫，但她内心里依然无比看重男大夫的温柔。她每次去医院，都渴望遇到一个满脸关切地望着她的男大夫，耐心地听她陈述病情，然后语气轻缓地说，您这不是什么大问题……她的病即刻就能好一半，如果对方能握握她的手或者抚抚肩膀，那基本上不用再往下看了。

二〇一三年我八十四岁的娘遛狗时不慎摔伤，两个手腕骨折，打了石膏之后需要每周去医院复查。肉体的创伤，外加患有医院恐惧症的心理问题，可以想见她的痛苦，但是一个月四次进出医院，我娘都坚强乐观地挺过去了，原因就在于遇上了一个温柔有趣的男大夫。每次拍完片子让他看，第一句都是：嘿，真好，恢复得太好了，一点儿问题都没有，瞧您这身子骨，哪儿像八十多岁的啊！

所以我和我姐常说，像我们娘这样一个永远把自己身体想象得比实际上要坏得多的人，其实更需要一个牧师。

需要牧师的何止是我娘。作为我娘的女儿，一个惧怕医院，喜欢屏幕上风趣的男大夫，曾经被美剧《实习医生格蕾》里面的男主角弄得五迷三道的人，我深知被男大夫握住手是什么滋味。我的看牙恐惧症就是因此而治愈的。十年前，我开始光顾一家牙科诊所，牙医是一个从国外回来的男大夫，他总是在我浑身较劲心脏发紧的时候停下来，叫我的名字，并握住我的手，说：还好吗？不用害怕，不舒服你就告诉我。

看来还真应了那句酸话，对于大多数女人来说，男人最打动她们的，不是扔出钱来说：花去吧，而是在女人脆弱的时候说：我在呢。

黑色的诱惑

盛夏时节，我在赌咒发誓“断舍离”之后不久，又忍不住入手了两件衣服，一件是全黑棉麻大袍，长至脚面，背后有一个垂落到腰际的帽子，穿上的感觉极似巫婆；另一件是我以前就迷现在更迷的三本耀司的短款外衣，自然也是黑色。我一遍遍地在家试穿这两件奇装异服，盼望着天凉。

不知是不是每个人在审视自己的时候，都有看不明白的地方，反正我就有。比如，对黑色的迷恋。

我搞不清自己是从什么时候开始迷恋黑色的，好像已经大半辈子了。比较清晰的记忆是从我的偶像苏芮开始一发不可收的，她柔情倔强伤感脆弱的嗓音与永远的一袭黑衣，让我第一眼看到她就死心塌地地迷上了。现在想想，那时候拉上家中所有的窗帘，倒在地上，抽着烟喝着酒，不分白天黑夜地一遍遍听苏芮的歌儿，黯然神伤，其实迷恋的不仅仅是偶像，而是自己无法摆脱的忧伤与困惑。

然后就发誓此生只爱黑色衣服，尤其是破烂无型的乞丐般的黑色衣服。很多年里，我极端到满衣柜看不到黑色之外的其他颜色，至多还有一种看上去很乌涂的马路灰色。

最近读了两本山本耀司的书，貌似为我的黑色情结找到一些缘由。他说：我一直作为一个异类，对传统意义上的女性美持反对意见，对此业界褒贬不一，但最终还是接纳了我。我的设计完全背离了欧美的时尚潮流，被视为离经叛道的服装，尤其是大量使用一般用作丧服的黑色，被法国报纸称为“像遭遇了炸弹一样颓废的服装，让你似乎看到了世界末日”。对此，山本耀司的解释是：创造事物的本身就是破坏事物，打破现已存在的美好事物，让它变成完全不一样的东西，这就是一种破坏不是吗？完美是丑陋的，是秩序与和谐的呈现，是强制力的结果。自由的人类不会期望这样的东西。

在此我找到了一个关键词：自由。

不用说，我不是自由的。也可以说，没有人是完全自由的，除非他无视一切秩序与和谐。但是每个人都存有一份追求自由的天性和小私欲，当我无法不顾及这样那样的和谐时，深藏在内心的对自由的贪恋，就以黑色情结，这种不妨碍他人的形式释放出来，对黑衣如此，对黑夜亦是如此。我穿黑衣或者独自在黑夜中时，那种属于自己的自由气息便笼罩在我的四周附着在我的身上，一切都尽可能地完美起来。

黑色不代表坚硬，如同山本耀司说他最喜欢的英文词语是 Fragile 脆弱。对黑色的迷恋，或许也是黑夜时分与自己薄如蝉翼的内心惺惺相惜。

与山本耀司一样让我迷恋的另一个服装设计师是川久保玲，二十世纪八十年代早期，她颠覆世界的服装发布会，让黑色开始成为时尚女人的永久流行色，在她眼里，“黑色是舒服的、力量的和富于表情的”。川久保玲的服装品牌名为“Comme des Garcons”，法文的意思是“像个男孩”，她诠释自己的品牌时说：我的目标是每一位女性能够有自己的生活并自我满足，女人不用为了取悦男人而装扮得性感，强调她们的身段，然后从男人的满意中确定自我的幸福，而是用她们自己的思想去吸引他们。

有多少男人会因为女人的思想而被吸引？川久保玲的受众一定是小众这无须怀疑，甚至我觉得她的服装就是女人穿给自己或者说给女人看的。几年前我当败家娘儿们时，败得最多的就是她的黑衣。那些丝毫不体现女性特征的中性衣裤与平底鞋，在我眼里却是格外的妩媚，是黑夜里闪烁光彩的妖娆，穿上它们让我觉得惬意而自在，正在扮演着自己。

黑衣情结之外，我的另一个情结是平底鞋，这与我爱的两位大师也有重合之处，他们的服装设计极少见到与高跟鞋的搭配，山本耀司说：“我一直认为女性穿着平底鞋自然地行走，才是最美的。”在我所见到的照片中，小个子的川久保玲从来都着平底鞋，有点儿不羁，也有点儿羞涩，却非常坦然。

有人问山本耀司，你做设计的时候有没有具体的女性形象？他答：“脸微微转向一边，吸着烟，头发随风飘起，用沙哑的嗓音说，我呢，放弃了做女人。这是我心中的缪斯。”

我理解他说的女人，就是川久保玲所说的取悦男人的女人。我很庆幸自己早已放弃了做这种女人。我知道自己人生中有很多的怯懦，但在这一点上，我是勇敢的。

那些年，我追过的时髦

二○一三年有一段时间，中央台都市之声频道为了他们十周年台庆，狂放老歌，乐得我只要上车就锁定此台听个过瘾。有时听主持人与来宾访谈，讲述“白衣飘飘”年代的某个好时光，更让我这老青年愁肠加剐，时不常就陷入追忆之中。

时值辞夏迎秋。每到换季时刻，我最不情愿但又逃离不开的一件事就是收拾衣柜，这两日我倒腾着夏装和秋冬装以及一些早已不穿但舍不得丢弃的老旧衣服，对着柜子里色彩单一但样式不一的各种“奇装异服”，突然就忆起那些年我追过的时髦。

我是一个与高跟鞋花裙子蕾丝边无缘的人。二十多年前，有一天傍晚，我骑着自行车黑衣飘飘迎风招展，坐在我车后座上的发小邦子说：你要是再斜挂一盒子炮，完整就一地道战里的假武工队了。当时我正在飞速奔往银行的路上，打算取出我的全部存款一百二十大洋，去买一双新款耐克鞋。那时的我应该就是如今所说的“女汉子”，外表和内心都不含糊，虽然邦子对我大为不敬，我还是用买鞋剩下的二十块钱，请她到北大西门外吃了一顿丰盛的俄式西餐。

吃光用尽，是我年轻时代奉行的生活哲学。用刚到手的稿费去高级地儿喝一杯咖啡，或者换一杯酒吧里的金汤力是常事，赶时髦买衣服，更是不计后果。

我追过的时髦，严格来讲不叫时髦，用我娘的话讲，是怎么难看怎么穿。确切地说，也不能叫追，因为我喜欢的穿戴，即便是跟时髦沾点边，也是在小众人群流行之前就先行嘚瑟过了。比如，我穿牛仔萝卜裤时，满大街都还是喇叭裤和直筒裤，我八十年代的第一条萝卜裤，是听一个香港回来的朋友描述之后，跑到北太平庄的摊儿上找来的，那个摊主说他两周前进了三条这样的裤子，我是第一个买主，他惊讶我上来就要绿线匝边的，超级懂行。

萝卜裤穿在身上没型，不显身材，别说女人，正经的男人都不会穿。我当时在出版社任职，有一次在饭堂被一老编辑悄悄拉住说，为你好我才跟你说，好好一小姑娘别穿这么难看的裤子啦，以后怎么嫁人啊！

我穿破洞牛仔裤的遭遇还要惨烈。记得有一次我在当时最时尚的建外大街友谊商店边上等人，有一个乞丐过来讨钱，拿了钱不走，说家里好几个娃等饭吃，再多给点儿吧，我恨恨地指着裤子上的破洞说：看见没有，我没钱，裤子比你还破呢！那人怔怔地看着我的裤子无语，他身边的女乞丐扯着他小声说，你咋木长眼啊，不会找穿得像样哒！

九十年代我爹我娘去美国探亲，我每周过去一次帮他们取报纸信件。有一天我穿着新淘来的褶皱衫走进大院，看着我长大的收发室老太太一边给我拿报纸找信件，一边摇着脑袋叨叨："妈不在身边就是不成啊，瞧这孩子，衣服都成褶妈了也没人给熨，啧啧啧！"我心里笑，我娘就是在也不会熨衣服，她只会补衣服，除了追着补我裤子上的破洞，有一回还支上缝纫机要把我半宿没合眼挑出来的毛边牛仔短裤给轧上。

现在街上流行的大裆裤，早在十几年前我就穿了。跟我有二十年交情的服装设计师何燕，当年把她设计的第一条大裆裤拿给我时说，这应该是全北京的第一条，我觉得你能穿出样来。那个时候，我身体健硕脸如满月，敢于迎着男人们恐惧的目光留寸头，着黑衫，穿暗花的肥裤子，背双肩大包，叼着烟卷，终日懒洋洋忙碌碌地游荡在北京的大街小巷，一多半是仗着有一干何燕这样的女人由衷的赏识。

我在混乱的衣柜里找出这条具有历史意义的裤子，穿在身上，看着镜子里几乎掉到脚面的裤裆，回想起当年满街诧异的眼神，一时间，那个年代的爱恨情愁支离破碎地闪回，跟我的衣橱一样杂乱无序。

衣橱战役接近尾声时，我在微信上看到一个八零后小友感慨说："我可不想沉浸在那些老歌的回忆中加速变老。"我说我截然相反。

高晓松在谈他创作《白衣飘飘的年代》时说：我无法描述出那个时代的确切模样，只记得那些书包里的诗集、校园里的诗社，还有女生们收集的写满小诗的书签。那时候写一首诗比现在唱红一首歌收到的信还多，那是个白衣胜雪的年代，四周充满才思和风情、彪悍和温暖。

或许这就是我不怕变老的原因吧，即便如今缺少才思，鲜有风情，仅剩下了彪悍。在我心里，从白衣飘飘年代走过来的人，那些年追过的时髦与我们爱过的诗歌一样，历久弥新已经化为经典。

更何况，温暖还在与日俱增。

| 家事 |

花臂

二〇一三年初的一段时间里，我突然纠结于想不起我的第一个文身是哪年做的了。白天夜里苦思不得其果，就去问商大师，他在文身机的刺刺嚓嚓声中头也不抬地说：我连昨天给谁做的都记不住，还能想起你这多少年前的？我又去问闺蜜张美丽，她非常认真地将我们二人的点滴信息串起来逐一推理，最终放弃，说：你看，我“非典”那年搬过一次家奥运那年又搬一次，我都记得很清楚，你这个没跟国家大事相连就不好办了。

问题是，我的文身不但没跟国家大事相连，跟个人的爱恨情仇也毫无瓜葛。我的诸多文身中，除了其中一处是为纪念爱猫咪咪而做，其他都没有任何说头，不为相爱也不为分手，想讲故事都得现编。这么说来，我的纠结除了再次印证一下记忆力的日益衰退，似乎没有任何意义。

不过这个问题的起始，是有点缘由的，那就是我在二〇一二年十月底拥有了一个花臂，并且把它当作给自己的生日礼物。花臂，就是一条胳膊从肩膀到手腕文满了图案，这是多数痴迷文身者追求的一个境界。而我花臂的起源，就是我的第一个文身，大约五厘米长、一厘米宽的小图案。

和那些一开始就奔着花臂去的人不同，我的花臂，是从这个小图案萌芽，历经数年十余次的雕琢而形成的。这让我的探究起码有了一点儿意义，那就是把我这几年的日子，由点连成了线。

手臂上的第二个文身是一条金鱼。我被小猫加加误伤之后，用了各国的去疤痕灵均告无效，于是找到商大师，他将隆起的疤痕当作鱼的脊背，为我文了一条在水中跳舞的金鱼。

随后的几年里，那个不明年代的第一个图案演变成了凤凰，伤疤金鱼的身边又多了两个同类朋友，金鱼四周有了荡漾的水波和寂静的睡莲，以及正在开放和悄然落下的樱花瓣。

现在我的胳膊上，鱼和水、花与莲交相缠绕，世俗的热闹与仙境的空灵兼有。

花臂闹得热烈时正逢夏天，裸露的胳膊更是招来无数的好奇与疑问。我常常被问：你为什么这么喜欢文身呢？为了解答别人的困惑也是自己的困惑，我去跟搭档王老师探讨，当年他在我尝试了第一次之后，也花鸟虫鱼武士猫地一路文了过来，最终成为一个花臂男。

说话时王老师正鼓捣相机三脚架，他要拍摄一组以歌剧咏叹调为题目的小品，我一边颠颠地打着下手，把剪刀手爱德华、大小猫咪摆件、烛台、小装置作品，以及开始凋谢的鲜花等轮番搬上拿下，一边唾液翻飞地讲了各种从生理到心理、从书上看来的到朋友说的，有虚有玄有理有据，然后问他：你属于哪种？

什么哪种？他没好气地说，我干吗要被你归类？我文身跟什么上瘾、虐恋这些乱七八糟的有什么关系，我就是喜欢欣赏商大师的画儿，一个人能把画儿画得这么牛逼，又能跟文身这种技巧结合得这么完美，我愿意让它们在我的皮肤上保存下来展示出来，就这么简单。

此时王老师马上要拍的是《托斯卡》中的著名唱段《为艺术为爱情》。我突然就有了领悟，说：我觉得你这答案归结起来就是这六个字：为艺术为爱情，你看，文身就是一种奉献，把自己的身体奉献给艺术，也是爱情，那种强烈的亲近、私密、欲望、占有、分享的情感。

我想到自己的文身之路，继续发挥说：从一个小图案到拥有花臂，也是为艺术为爱情的不同阶段，前者尚处在激动与炫耀的层面，后者却是一份真正的拥有感，不为展示，静静的欢喜，很满足，很珍惜。

深秋季节天黑得早，我们赶在太阳落下之前完成了拍摄，收拾着大小物件，我突然想起顾城的一首诗《门前》，其中有几句我非常喜欢：草在结它的种子，风在摇它的叶子。我们站着，不说话，就十分美好。

此刻，我一点儿不想再追究第一个文身的日期。过往的岁月，不必刻意地点线相连，它们在我心里早已历经筛选，能让我念及的，都如商大师文在我臂上的图案一样，是最值得留下的。

等我老了，皮肤没有了水分，花臂也会皱巴，但我不怕。我每天和猫一起晒着太阳，不说话，十分美好。

说走就走

二〇一四年下半年，我每天追看一热播的国产电视剧，跟着电视里边的人一起大笑和抹泪，看完之后发现，最常让我回味的，不是爱恨情愁的名言警句，而是两位女主角三番五次地说起向往“一次说走就走的旅行”。她们来来回回的走与不走都与感情有牵扯，一个说走没走成，把那点儿暧昧的意思弄成了不好意思，黯然分手，另一个在最后一集终于因为爱情失意而激情出走，随之女走男追，结局美满。

我猜“说走就走”这话之所以让我走了心是因为刺激到我了。我好像近二十年来从没有过说走就走的经历，甚至连说走不走几乎都没了，基本处于不说走的状态。想到这些，心里不免有些恐慌。

我的不说走是有个中缘由的。许多年来，上有依赖我的老爹老娘，下有一堆不省心的猫孩儿，左右两侧还有工作上的活计和迎来送往的七七八八，除此之外还有一个重要因素：我家有个说走就走的猫爸，他时不常地下班回家从储藏室拎出箱子，向我下达“一身西装两双鞋三条裤子五件衬衣”的指令，我做完饭洗完碗围裙顾不上脱就颠颠地为他收拾装箱，日久天长，活活把自己的旅行箱给遗忘了，甘愿做个只装箱不提箱的宅家婆娘。

近年来掰着手指算得过来的几次旅行，也不是说走就走的，每次都是猫爸提议，我推三阻四，而后应允，中间反复，然后在焦虑中安顿父母，托付猫孩儿，为家里家外的猫购买足够的猫粮猫罐头，盘算既精简又足够嘚瑟的行头，外加买礼物、做头发、修指甲，一番忙碌下来，到了出门的前夜，已然比旅行归来还要疲惫。

我在美国的好友海燕是我的同类。她家有个说走不走的宅男先生和两个说走就走的大学生女儿，以及一只撒不开手的小狗，于是也跟我一样，基本丧失了说走就走的功能。逐渐长大的女儿们每年假期安排各种旅行实习，当妈的都比她们更操心受累。不知是命该如此还是她立志要做个有故事的人，每次出行，情节都能拍成电影。单说二〇一三年夏天，上大一的小女儿联系了上海的实习工作，当妈的将一系列吃住行的琐事落听之后，满心欢喜地准备与女儿一同回国，却在出门前一天遛狗时扭伤了脚，不得已，送女儿独自一人上了飞机，并紧急联系上海的朋友接机。飞机起飞延误，转机也被耽搁，好不容易坐上了飞往上海的航班，起飞后，女儿邻座的一个老太太被掉下来的行李砸伤了脑袋，飞机又重新折回出发的机场，那一晚海燕坐在家里接听女儿一个又一个起伏跌宕的电话，马不停蹄地跟上海的朋友打电话通知最新航班动向，比女儿还要伤神。

我曾经看到过李银河的一个观点：你所有的，就是你所要的。她说：在客观上可以选择自己生存环境的时代，你的小环境是幸福的还是不幸的，大多是自己选择的结果。

暂且不论我和海燕是幸还是不幸，单是我们的说走不走，我便十分信服李银河的话，在我们貌似无可奈何的背后，实则是自己内心的所需。一方面，性格决定命运，同样的家庭现状摆在不同人面前，必定是不同的后果；另一方面，或许我们喜欢的，正是这种以自我牺牲为前提的焦灼的快感。

好在我们“不幸”之外还有一点点“幸”，那就是做梦。我和海燕的往来邮件里，大多数是我们相约某个百花盛开的时候结伴出行的畅想，目的地包括海南、云南、台湾、日本、欧洲……

每次点击鼠标发出邮件，我们的心情都格外愉快，然后说走就走。她出门遛狗，我奔菜场。

貌离神合

我家猫爸的生日也是我们的结婚纪念日。当年我特意把俩日子放一起，一是为好记，二来想着好事成双，到这天能把景儿整得大点儿。十多年下来，事实证明这个决策可谓失策，因为猫爸自己不喜欢整景儿不说，对于我整景儿的提议多半也不以为然，于是乎，我 1+1=2 的愿景大多演变为 1−1=0 的现实。

话说三年前的这日子口，正好赶上过年，我早早地畅想了 N 种方案，中餐馆、西餐馆、南方饭、北方面都囊括其中，心想总能有一款中标吧。节前的某个晚上，我满嘴流油地把我的设想解说了一遍，猫爸听完半晌不置可否，然后哼哼唧唧地说，还出去吃啊，忘了你过生日老爷子都吃出问题了？

此前几个月，我过生日，猫爸请全家老小去了一家高级的意大利馆子，鲜花、蛋糕、香槟、红白葡萄酒都招呼上了，我爹贪吃，不仅吃光了自己点的那份牛排，还把我娘吃不掉的半份海鲜也干了，之后连着半个月消化不良，至今还指责这家馆子性价比差。

我只好让边上的王老师帮着想辙。王老师神情涣散心不在焉地说，吃饭好办，我吃什么都没意见，我犯愁的是送你们个什么礼物。我说，你也别费劲琢磨了，正好你的书法家老爷子在北京，给我们写幅字吧！

猫爸觉得这点子好。可写什么呢？太酸的受不了，太文的想不出，三个人嘬着牙花子又犯了愁。猫爸上了一趟厕所，咯咯笑着出来，说想好了，四个字：貌离神合。

这个词是半年前我们喝茶聊天时，我打趣说的。当时也是我们三人饭后闲聊，先说起王老师单身的乐儿比大多数貌合神离的夫妻要多得多，我顺势感叹与猫爸越来越像是两股道上的车，各开各的，连追尾的可能都没有，说了一会儿，觉得有怨妇之嫌，赶紧下台阶说，咱们俩这叫貌离神合对吧，比貌合神离强点儿。

我很惊讶向来撂爪就忘的猫爸会鬼使神差地想到这四个字，就说，这本来是咱为了咬牙往下过愣给自己贴的金，你还真要大书特书啊？猫爸说这基本与事实相符啊，再说我觉得这就是婚姻的最高境界。

我不同意，最高境界当然是貌合神也合。猫爸喊了一声说，没有，有也是装的，比貌合神离还假。

眼看着我们就要往有没有真正持久的爱情上掰扯了，王老师赶紧出手，说要是你们不以为耻反以为荣非要这几个字，我没意见，就是不知我家老爷子能不能想得通，反正最多他不带着感情写呗。

说起来，我跟猫爸相识后吃的第一顿饭，基本就给我们后来的婚姻定了“貌离”的调。记得那天下班后我们在约定的一家高级饭店门口见面，他穿了一套挺括的西装，皮鞋锃亮，我穿了条满是破洞的牛仔裤，圆头高帮皮靴，上衣里出外进，落座后他让我点菜，我刚想说来盘爆炒鱿鱼卷，就听他说“只要不点炒鱿鱼什么都成，我们在外企有这忌讳”。

我们俩血型不同，性格满拧，他严谨我散漫，他喜欢滑雪骑马，我就爱网球游泳，他满天飞，我家里宅，他爱狗，我爱猫，就连我们各自的同学，都是大相径庭，可以简单归类为“靠谱的”和“不靠谱的”……

在有了这么些“貌离”之后，我们还能一起过着，就权当是因为“神合”吧，这事本来也说不清楚。

最后有必要交代一下，正日子那天，全家人经过先民主后集中，最后决定哪儿也不去，家吃，我整景儿不成不说，还要蓬头垢面地上灶抡勺，洗碗刷碟。第二天我爹给我发短信：昨天的鸡汤面比好几千块钱的意大利餐更有滋味，以后可如法炮制。猫爸说：你看，我就说了嘛，咱家不适合整景儿。

王老师在吃生日面的前一天赶回家取老爷子的墨宝，发来短信说：老同志带着疑惑写的四个字还真不错，我拿去装裱，你们赶紧想想把这金字招牌挂哪儿吧！

女人之爱

有天在微信上看到一个有关性取向的测试，出于好玩，把二十多道选择题做了一遍，并公布了结果：你是个地道的双性恋，爱男人也爱女人。好玩的是，跟着我一起测试的诸位，像我一样“两边都不耽误”的女人，在我的朋友圈里占了百分之九十多。

虽然游戏的成分居多，但此测试显然是有些许心理学依据的。乐过之后，我为自己的“爱女人”很欣慰。作为一个有把子年龄的女人，我发现，女人年龄越大，越懂得享受女人之间的友情。我甚至认为，女人的美好生活不是从爱男人或者被男人爱开始，而是从懂得享受女人之爱开始的。

这种爱，不同于年轻时的闺蜜之爱。那时候我们在一起好像就是为了分享或分担与男人的快乐悲伤，女友存在的一个重大意义就是随时准备在对方受伤时冲上去说：男人不爱你了还有我们呢！到了中年，风雨过后，无论见没见到彩虹，都云淡风轻了很多，女人之间的爱，就是纯粹的会意、默契、认同、赞美，而且因为经历，还融入了一些疼爱和担当，有种源远流长的安静和平和。

我把女人的爱分为三种类型。

第一种是老夫老妻型。这是跟发小闺蜜们的爱，一个碗里吃饭，一个床上睡觉，好的坏的所有嘴脸相互都见识过，几十年下来恩爱情愁一堆，谁也不嫌弃谁。在一起时，无论干什么不干什么，都自在而温暖。女人对老去的种种恐惧，在这份又浓又长并且相约到永远的爱中化解。

第二种是半路夫妻型。因为一个偶然的机缘相识，发现自己内心里其实早就与她熟识，那种精神上的契合、情感上的息息相通，让我们能从对方身上看到另一个自己。出于对这种情感的珍惜和呵护，我们不随便展露自己的肆意，而是努力自省，希望自己也能拥有对方身上的那份美好。

第三种是艳遇外遇型。这种女人之爱其实有个更恰当的说法，就是“闻香识女人”。女人之间的“艳遇”与男女之间截然不同，一个短暂的会面，有时甚至连面都没有碰过，就因为一段文字一个对话，或者纯粹就是女人超常的第六感，认定那个素昧平生的人值得爱。

我常提到的发小邦子、闺蜜倩倩和美丽，以及在美国的海燕，都属于我女人之爱的第一种。美丽和倩倩在我家有牙刷、睡衣、拖鞋和被子，大部分周末从西城跑到东城，进了我家门就扎进厨房，做饭洗碗，抱着猫喝酒聊天。邦子在广州和美国两地奔跑，我们之间主要靠电话传情，隔着千山万水，她的快乐一点儿也没有损耗，时时把我拖回到疯癫的少女时代。海燕念旧，至今还隔三岔五地给我寄信写明信片，分享她与女儿们的故事。最近一次收到她的信，格子信纸的第一行写道：窗外有雪和阳光，照着通信的你和我。

相识四五年的好友徐祁和蛋蛋妈是我的第二种爱。记得有一年我过生日，外出吃饭回家，门口赫然立着一束鲜花和一条美丽的围巾，那是徐祁在微博上打探到我出门之后，开车大老远跑过来做的小手脚，她串通了邻居和我家门口的流浪猫，留给了我一个谜和完美的惊喜。我跟蛋蛋妈聊得最多的是猫，话题也时常触及对生命的悲观、浪漫以及自由的思考，我喜欢她的一个理论：养雌性动物更有意思，因为它们不但具有雄性动物的所有能力，还有母性的特质，因此它们的感情与行为表达更丰富。这或许也能算作我女人之爱的理论支持吧。

我的艳遇和外遇大都是在微博上。我与那些比我小的姑娘们因为对猫的热爱而相互吸引，我们喜欢透过文字，赞赏、戏谑、玩暧昧，比如一个猫友妹妹对我说：经过一段时间的观察与慎重思考，我决定爱你。

开咖啡馆的养猫女孩泡泡文是我的艳遇，我们一见倾心之后，常通过信息眉目传情，她说：为什么我一想到要见你就有种恋爱般的激动呢？下次来我店里，一定事先通知我，我要穿得漂亮一点儿见你。

女人之爱，有时候比异性之间的来电更光芒四射。因为，女人有一种美，是专门为女人绽放的。

上海上海

几年前我第一次听汪峰唱《北京北京》，听到“我在这里活着也在这里死去”时，热泪盈眶，连听三遍之后，推荐给猫爸，跟他说：听听，也就是我们深沉大气的北京能如此这般地唱出来，换作唱你们上海上海，不知是个啥腔调呢！猫爸作为一个十八岁离开上海来北京上学的半拉子北京人，一向在我家京沪起纷争时态度谨慎，过去年轻激进，他多半力挺北京否定上海，如今年龄渐长，情感与胃口一起回潮，也时不常地为上海拉个偏手，但身在北京地盘气势总是弱些，从不与我过多争辩。

让我不曾料想的是，这几年里，我对上海的褒奖也与日俱增，动辄就拿上海的洋气与北京的土气比对一番，言辞激烈时，猫爸以不动声色回应我，因为一时半会儿搞不明白这是真情还是陷阱。

二〇一四年九月，借着猫爸小侄女过十岁生日，我们俩与“拖油瓶”王老师一起坐上了开往上海的高铁。火车向着上海跑的路上，三个人用一顿接一顿计划中的饭局串起沪上七日的行程安排，心驰神往。欢歌笑语的间隙，我的心头几次三番涌起丝丝惆怅，两年前的此时，我爹也是这般兴奋地坐在我身边，践行他的“与上海道别”，记得结束上海之行赶往火车站的路上，我爹摇下车窗，郑重其事地说：再见啦，上海！那时我还不情愿相信，他真的将与上海说再见。

可能因为听我爹讲了太多家族的上海故事，也因为小时候在上海住过一年，我对这半个家乡的认同，远远超出自己刻意生出的排斥。我甚至不情愿地意识到，这些年中，每次踏入上海，最先涌出的情绪，不是“来”，而是“回”。此番上海之行，是我爹辞世后的第一次，那种“回”

的感觉越发浓烈，或许因为在我自身情感之外，还带上了老爹的那一份吧。

直到从上海回来，我才意识到，以小女孩庆生为由头的上海之行，却仿佛是追忆旧时光之行。先是与两个姑姑团聚，我爹这两个温婉俏丽的妹妹，在我幼小的心中比解放前电影画报上的女明星还美，几十年过去了，如今她们年过八旬，小姑姑经历了丧子之痛，大姑姑有过与癌症的抗争，却依然平和而雅致，脸上散发着未经世事般纯净的光芒。然后我见到了十四岁结识的上海闺蜜，我们非常契合地把彼此的拥抱当成了老情人的久别重逢，见面之前之后都止不住地诉说内心的涟漪。最后是与猫爸的发小在一个老公馆改建的餐厅吃饭，饭后王老师为我们拍了一张合影，看着徕卡相机里做旧效果的照片，所有人都在刹那间穿越，恍若身处老上海的辰光。

在上海期间最难忘的一顿饭，是朋友小谈永嘉路老房子里的家宴。有上海老克拉遗风的小谈慢工出细活地装修了父亲的老房子，每一件家具和摆件都有讲究，我们围坐在洋气的古董家具之间，听他讲述上一代人的故事，享用他和妻子精心准备的下午茶和晚餐，唏嘘不已。饭后在永嘉路漫步，听小谈如数家珍地讲述这条街上有历史渊源的建筑，恍惚之感加剧，以至于为了平复太过跌宕的情感，我们三人不得不冲进一家专营威士忌的酒吧，喝了个酩酊大醉，在晕眩中将息。

老了真好，只有到了这个年龄，才有如此丰富和奇妙的感受。这是我和王老师漫无目标地在有老上海风情的巷子里溜达时，于斑驳的梧桐树影下发出的感叹。我这个不可救药的吃货说，这就如同一锅老汤，里边是层层叠叠滋味的沉淀与融合，丰盈而厚重，让你有百般的咂摸和回味。

王老师一反惯常的无厘头，认真地说，你知道吗，今早我醒来的时候，突然想要作篇文章，叫作“爱上三城”，这三城便是北京、上海、台北。后来坐在咖啡馆，他还真拿笔在餐巾纸上写了这么一段：择城如择人，这三个我最爱的城市，仿若人生的三个时区，我在其间不疾不徐、或疾或徐地游走徘徊，总觉有不同的温暖包裹着你。心爱的北京是母仪的妇人，是豪爽大气话语铮铮、大宅门里的二奶奶；亲爱的上海是风情的恋人，与她在每一个街道拐角都有故事，你一心想要与之共眠，嗅她的香赏她的色，听她的吴侬软语；至爱的台北是邻家的女孩，干净素雅的国中女生，你想与她一起看雨喝茶画画发呆，什么都不用做，仅仅是微笑就可以。

我第一次没有嘲笑王老师的泛酸，因为我又想到了我爹。他在上海出生长大，大学毕业去台湾工作，之后是在北京长达半个多世纪荣辱与共地生活，最终长眠于此。如果他还在，会怎样形容这三个城市？如果让他有机会再选择一次，他还会毅然决然地离开上海，告别台北，来到北京吗？

记得二〇一三年此时，猫爸对我爹说，秋高气爽，陪你再去一次上海吧。我爹坚定地说不，理由是“我已经跟它郑重告别过了”。

这便是答案。这是对难以割舍的旧爱最真挚的情感。

死亡那点儿事

“艾伦·金斯堡死于四月五日，中国的清明节。据说当时他已处于昏迷状态，而病房里挤满了朋友，喝酒聊天，乱哄哄，没有一点儿悲哀的意思。那刻意营造的气氛，是为了减轻艾伦临终的孤独感。人生如聚会，总有迟到早退的。正当聚会趋向高潮，他不辞而别。”这是北岛描述的美国诗人艾伦·金斯堡去世时的情景。我真羡慕这个一生都不妥协的哥们儿，连死法都这么标新立异。

我很向往这种告别世界的方式。

中年危机的其中一条，就是你不断意识到死亡的问题，并因此而产生恐惧感。这些年我和周边的朋友越来越多地谈论到死亡，认识的或者间接认识的人中，不断有人因为疾病、因为意外等各种原因离去，其中不乏抑郁症患者的自我了断。于是我们在恐惧中寻求各种让身体健康的路数，活得越发的小心翼翼。

有天跟同学喝酒唱歌，在飘飘然的晕眩之中，我们谈论各种 high 到极致的状态，随后也触及这个话题，此时正好有人唱到一句歌词“我终于翱翔，用心凝望不害怕”，我就说，这也应该是我们对待“死亡”的态度。

很多事情，当我们不回避而去直面时，也许真的就没那么害怕了。对我而言，死亡并不是最可怕的，我真正惧怕的，是毫无尊严地死去。比如当你无法避免那个最终结局，你的精神和肉体都不能自主支配，而又不得不忍受极大的痛苦时。

我看过的一部法国影片，妻子患绝症，她希望有尊严地死去，在她的恳求和安排下，最终，丈夫和他的情人陪同她来到海边，在他们的注视和祝福之下，妻子缓缓走向大海，与世界作别。这个看似无比悲情甚至有点拧巴的故事，在我眼里，则是人性光辉与美好的绽放。

我的外甥 Randy 在美国的大学面试时，被考官问：如果你接手一个意外重伤的病人，他签署的医学遗嘱是在失去决定能力时放弃无意义的延续生命的治疗，你还会抢救他吗？这是一个法律问题，但也是一个面对生命的态度问题，一个十八岁的孩子在他即将成为一个准医生时，就已经要面临这样的重大抉择。

出于对生命尊严的维护，我非常赞同“安乐死”。荷兰从二〇〇二年四月一日开始成为世界首个实行合法安乐死的国家，二〇一〇年三月，一项更大胆的新议案又让世界震惊，即为主动想要放弃生命的老人提供一种有尊严的死亡方式，任何七十岁以上的老人，如果“觉得自己的生命已经完整了”便可以要求安乐死，而且非医务人员可以直接负责、决定此事。虽然此事与我大大地无关，但我还是相当振奋了一下。

如今与好友在我家聚会吃饭，把酒聊天时，总是不由自主地说到人生的终点，原本沉重的话题，因为认知相同变得愉快而有趣，到最后还免不了相互托付一番。科学的、玄学的、宗教的见解与酒精一起相互碰撞，往往曲终人散时，我们的思想已越过现实到达了幻想的层面，不但没有消极，还很振奋，仿佛前方有个吸引人的未知谜团，等着我们去破解。

最近一次谈论死亡，是跟 Randy。这是他在我爹去世后第一次回国。谈及他最爱的外公，这个二十六岁的医生成熟而冷静，虽然我知道他睹物思人，心里有很多的寂寥。

我们都为我爹在春暖花开的季节于睡梦中安然辞世而感到欣慰，这是我们心目中最完美的告别方式。Randy 问我：他的离开是不是让你感到轻松了？我说是，因为在这个日子到来前的很长时间里，我总是被恐惧缠绕，我怕他有一天突然离开，不知自己如何跨过人生这道大坎，如今真真切切经历了分离，而且在追思会上用微笑而不是眼泪与他道别，让我相信了爱的力量。我对 Randy 说，经由外公的去世，我明白了，爱，不仅仅是爱着对方的爱，也是恐惧着对方的恐惧。我的恐惧感，终结于他没经历死亡的恐惧折磨。

我们说起我爹的各种趣事，即便到动情之处，也没有落泪。我们从死亡那点儿事说开去，谈论信仰和科学，以及他如何以医生的立场将两者融合。我们并非不惧怕死亡，但是我们相信灵魂，相信我爹能感知并喜欢我们在笑声中的思念，相信他永远会在我们需要的时候，给予我们鼓舞。

有天跟同学喝酒唱歌，在飘飘然的晕眩之中，我们谈论各种high到极致的状态，随后也触及这个话题，此时正好有人唱到一句歌词：我终于翱翔，用心凝望不害怕，我就说，这也应该是我们对待死亡的态度。

糗事

身份不明

早年间我是学生，大学毕业后当了编辑，表格上的“职业”一栏一向很清晰。可自离开出版社，越往后越不知道该怎么给自己的职业定位。

先是给一家公司做推广顾问，同时写点儿小文章混零星稿费，说自己是顾问吧，没脸，说是自由撰稿人吧，不够格，一没名二没利的，挣那点儿稿费还不够烟酒钱，因此每遇到“职业”的问题，就支支吾吾地蒙混过去。

一九九九年我认识了美院毕业的王老师，那时他画漫画，做设计，我们于是合伙开了家平面设计公司。虽说成了小公司的主人，但“职业”问题依然是我的软肋。表格上的“职业”就相当于现实中的身份，王老师的身份很明确，上下嘴唇都不用碰，就仨字：设计师，而我，自我介绍时要前因后果前世来生地说上一车的话：我是学中文的，以前……后来……现在开了一家平面设计公司，这是我的搭档……他是做设计的……如果对方了解我们这行当，加上脑子清楚，事情就很容易往下继续了，稍微差点儿的，也能说出：哦，你们公司你管文字，他管排版是吧？虽然王老师憎恨排版这俩字，但好歹，我的身份沾边了。最让我好看的，是待我说了一堆话，人家依旧满脸困惑地问：那您在公司是干什么的？

这个以前让我小心设防的问题，也就是我的身份问题，现在已经有了标准答案，而且我回答起来上下嘴唇也不用碰：茶水！

香港电影到最后出字幕的时候，除了这助理、那司机什么的，还有“茶水”一角儿，我觉得很好玩，也特别符合我在我们这个三人小公司的身份。我理解的茶水应该就是碎催，搁过去老北京话讲，叫“擦了摆”。我每天给公司那俩爷——设计师王老师和雨川做饭，煮咖啡，倒纸篓，铲猫砂，接待来客，安排出行，捎带脚送个支票，发发工资，布置个工作什么的，当然我的茶水活儿远不止这么轻松，还有重活：白天衣着光鲜地见客，写合同，熬夜费脑浆子的时候，我屎壳郎上锅台——假充大料豆，想幺蛾子，码码文字，配配图……这么说吧，俩爷不干的活儿，都是我干。

明确了自己的身份后，我内心轻松多了，出门也有自信了。可是，问题并没有真正解决，别人引荐我时依然作难，基本上还要用上百字来描述。有一次聚会，主人向他的另一个客人磕磕巴巴地说了我的公司、我们的作品后，对方的表情由懵懂转向恍然大悟：咳，说半天，您是你们公司管拉活儿的吧？

还有一次大型活动，主办方将参加者的名字和身份附在邀请函之后，我一边翻阅，心里一边打鼓，完全不可预知我的名字后面会是什么，结果，我看到三个字：文化人。

从此，王老师有了打压我的撒手锏，每遇到难题，他就两眼直瞪瞪地看着我说：您是文化人，您拿主意吧！

娘儿们

有一年外甥 Randy 回国，我带他去看电影《决战刹马镇》，里边孙红雷被他爱的女人林志玲动辄噼里啪啦一通捶打，他美不滋儿地骂：“你这老娘儿们……”外甥问：什么是老娘儿们？我半天也解释不清楚，就说：这是在中国北方农村，男人对他们喜欢的女人的称呼。

以前最恨的，就是男人管女人叫“娘儿们”，更别提前面再加个“老”字了。在这个问题上，我是有心灵创伤的。

二十多岁当编辑的时候，有回跟比我大几岁、还在国内跟我当同事的海燕去一个作者家。此人号称写作拍摄水陆两栖能人，手里经常握有大牌明星的爆炸性内幕消息，其实搁现在就是一职业狗仔队。谁都知道他属于德艺双不馨的那种人，但我们主编为了发行量，给我们俩下了死命令：不惜用任何手段，拿到他手里一篇非常有价值的稿子。

数次电话联系被拒绝后，我和海燕终于被获准进了他的极其脏乱差的家。换上稀脏的拖鞋之后，我强挤笑容，攒足了精神准备溜须拍马，曲意逢迎，却半天说不出一句话。无奈中，海燕用温柔的假嗓说：您上次写的那篇故事太感人了，我们这小姑娘感动得眼泪都流出来了。

小姑娘？只见对面那人仰起头，甩了甩打绺儿的油头，问：谁是小姑娘？谁？海燕用手指指我，大油头突然提高嗓音，动怒般地说：她怎么是小姑娘呢，明明就是个老娘儿们！登时，我们俩全傻了，张着嘴半晌说不出一个字。

小姑娘，搁过去，只能是对二八芳龄之下少女的称谓，大油头振振有词地用唾沫星子喷着我说，你多大了？你早就超过十六岁了吧？你自己说，你能被称作小姑娘吗？我满怀悲愤，强压泪水，故作平静地说：是不能，但，我们女人除了小姑娘就得是老娘儿们吗？

那当然！油头斩钉截铁地说：就是老娘儿们！这个概念不能混淆，如果在这个问题上我们达不成统一认识，还怎么往下谈？我心里快速掂量了一下翻脸的后果，决定为了大局忍辱负重，于是咬着后槽牙说：这个不与您争论了，您随意，咱们说说您手里的稿子吧。

我们最终也没拿到他手里“非常有价值”的稿子，因为他的老婆，一个真正的老娘儿们回家了，看到我们两个女编辑很不爽，以要打扫房间为名，用扫把将我们俩扫地出门。

那个下午，坐在某电影厂院内的马路牙子上，用了很长时间平复内心创伤的我，死活想不到，若干年后，会喜欢上娘儿们这个称谓。

不用说，现在的我正值老娘儿们的黄金时期。爱过，散过，聚过，离过，苦过，乐过，可以扮沧桑，也可以装嫩。原本易愁易喜变幻不定的心，有那么点儿不以物喜，不以己悲的意思了。而且，我还知道了，身边的人如果对你以娘儿们相称，必定像孙红雷对林志玲一样充满喜爱之情，说白了，就是没把你当外人。

娘儿们，如今在我的心目中，远比女士、亲爱的、甜心之类更贴心，更亲昵，更满怀尊重。比如我们同学要聚会，牵头的男生发短信给我说：我通知爷们儿，你负责娘儿们。我们一干被邀请的娘儿们美不滋乐颠颠衣着鲜亮地就去了。小酒喝到微醺，爷们儿会很欢喜地举杯说：敬你们这些优秀的娘儿们！一般这种情况下，我绝对一饮而尽，然后放倒。

我特别想知道，假如现在去大油头家约稿，我抢先说：您那篇稿子写得真不错，把我们这些老娘儿们给感动坏了，他会做何反应？

乱起来

我似乎很喜欢提喝酒的事。其实我酒量非常的拿不出手，很多年里是不喝正好一喝就高的量。但因为喜欢，外加多年来勤学苦练，如今也能凭借一腔豪情杀他个七零八落的。

以前在杂志社当差的时候，我因为没酒量有胆量，无数次喝倒在工作岗位上。开始是位男主编，他滴酒不沾，却喜欢酒桌公关，每次都诚恳地跟我说：你上，今天跟他们拼了，你一女孩子，他们不能把你怎么地！我真上了，发现世界远比我想象的残酷，酒桌上跟战场上一样没有男女之分。后来换了主子，女主编更加狂野，信奉酒量就是发行量，动辄带我闯荡东北大地，每次都由她拉开序幕——自备一大茶缸，上来先咣咣倒满，豪情万丈地说“先干为敬”，一口气喝光，接着抛给我一个清晰的暗示眼神。我哆哆嗦嗦地按照白天商量好的，先跟各位约定一杯（酒）一百本（杂志），然后，默默地在心里画着“正”字，喝完了一杯又喝了第二杯，直至不省人事。

我们的发行量始终没有上去，因为每每第二天我酒醒之后拿着合同找人的时候，都遇到不解的表情：哎呀，你这丫头，酒话也叫话啊！记得有一次半夜，我与同住一个酒店房间的主编在马桶边相遇，分别倾泻之后，抚着痉挛的胃，禁不住悲从中来，我幽怨地问：如果，睡一觉，一万本，你干不干？她双手搂着马桶，扬起一张惨白的脸，定定地思考半晌，回答说：妹妹，不能干，咱卖艺可不能卖身啊！

辞了这份工作，最大的快乐之一就是，我再也不用担心因公殉职了。从那以后，所有的醉酒都出于自找。

有一次，七八个大学好友在我家喝酒吃饭，一群好酒之徒从下午进家门在院子里喝法国香槟开始，吃饭时又依次喝了红酒、台湾的金门高粱和北京二锅头，一个不落全都喝高了，连最骁勇善战的几位也被放翻在地。第二天，我晕晕地起床，依稀记得昨晚喝到半场时老爹来过，为了跟我探讨“凭什么感动中国的一百人里有常香玉而没有梅兰芳”，不由得紧张起来，担心在老爹面前出些晚节不保的洋相。起床之后，忐忑地跑去我爹家各种试探，发现并无纰漏之后放心了，说：昨天你过来时我没多说话，怕喝多了出洋相。我爹说：看出来了，所以我也没多待，怕说多了出洋相。

我觉得一众人喝酒时，最为有趣的，是看到斯文淑女酒后的放浪。有一次，跟一个头回见面的女子一起喝酒，她在一堆人里始终低眉浅笑，优雅文静。酒过七八巡，她开始频频主动干杯，然后跳到椅子上，挥舞着双臂，扭动着腰肢，高声喊：大家乱起来，乱起来啊！

我爱酒的一个重要缘由，就是喜欢喝高之后适度的疯癫和格外的温情，那种不愤怒、不尖锐、咸湿湿、暖洋洋、略带伤感而又其乐融融的美好，那些被酒精激发的种种智慧和灵感、卓越的表现力，以及意想不到的插曲，不会随着酒醒而消失，而是长久地留在我们的灵魂深处。

跟钟情各种茶一样，我对酒的爱好也非常宽泛。多年来不变的挚爱是红酒，香槟、黄酒、清酒也是我的心头之好，最近两年迷上了威士忌，夜晚小酌时越来越多地把自己沉醉在单一麦芽的醇香之中。喝酒的场子也由过去一群人把酒狂欢转为在家单打独斗，乱起来的光景，越来越少了。

被受虐的故事

十个人看到我的文身，有八个会问：疼吗？这八个中大约有四个会说：我也特想弄个文身，但我怕疼，就算了。如果这个话题继续进行，就会有人说：你这么喜欢文身，是不是有受虐心理啊？这句话听上去是个疑问句，但问话者的态度和语气，摆明了是个反问句，一副由不得你说不的得意劲。更有个把江湖心理学家会把文身同我的若干耳洞联系起来，还旁征博引地说：你看，你还喜欢养猫，喜欢伺候人，这都说明了你具有受虐的潜质……

就这样，我无可辩驳地被受虐了。

我为此请教好友、精神科教授李晓白，他跟伪心理学家的滔滔不绝正相反，话少而精，观点明确：挺好，我看你精神挺健康，身体挺快乐。

我是不是有病暂且放置不论，在此倒是可以说说文身和穿环的趣事。

在有了七八个耳洞之后，我决定在皮肉松弛腰圆肚满之前去穿个脐环，了却我一桩心愿。下手的前一天晚上在百度的“脐环吧”上游荡了一会儿，没有理会众多亲历者的声声血字字泪，快速锁定一位口碑不错的穿环高手“阿琴”。第二天拉着王老师一道前往。

阿琴的铺子前围了一堆十几岁的小女孩，不仅是这个铺子，从我进门，穿越了几十个铺子，也没见到一个跟我年纪相仿的人，不由得心虚起来。一个耳朵上打满了耳钉的女孩踮着脚双手扳着阿琴的肩膀，口齿不清地央求说：阿姨，你再给打一个嘛，就一个，求你了！中年女人阿琴冷着脸粗声大气地说：快走吧，你哪还有地方啊，不怕你妈妈打你啊！然后热情地迎向了我。

我缩手缩脚羞答答地吭哧说：我是想……穿个脐环。阿琴还没说话，那个女孩贴到我身边说：姐，你不用害怕，我打过，不疼，你看，我刚打了舌钉，还想再打，阿姨不搭理我了……

在小丫头的鼓励和夸赞声中，阿琴麻利地完成了操作，果然并不像预想的那样疼。

我正欲赶紧闪身走人，阿琴突然大叫一声：啊呀，你是名人吧？我吓了一跳，诧异地望着她。阿琴一只手指着我，另一只手拍打着脑门：你是名人，你是那谁……你肯定是那谁，反正我在电视上看见过你！我说：你绝对认错人了，我真不是……阿琴扭头望向在一边半天没作声、一直替我抱着衣服搂着包、模样颇似助理的王老师，问：你说，她是不是名人？王老师在我哀求的目光中，缓缓地说：您都认出来了，还能不是啊？

我气急败坏地掉头就走，哪承想阿琴一下子扑将上来，一只手掐住我的胳膊，一只手迅速地从柜台里捞出只相机，并塞到王老师手中，随后两只手死死地箍住我，向王老师下命令说：快照！多照几张！咔咔嚓嚓之后，试图再度逃跑的我又被抓回，阿琴塞到我手里一支笔，依然用一只有力的手掐牢我的胳膊，说：签名！我悲伤地望着王老师：拜托你告诉她，我不是名人。王老师悠悠地说：都这会儿了，你就别扛了，群众这么热情……我气急败坏地在阿琴的本子上潦草地签了个谁也看不懂的名字，趁她仔细辨认的空当，飞身而逃。

商大师的文身工作室早年间在西单的华威大厦的六层。几年之中，我只有找他做文身时才会到这个无比热闹的地界来，每次进出，大门口总会无数次地被染了黄毛的半大小子拉住问：文身吗？我习惯性地礼貌地作答：谢谢，不文。时间久了，我发现只要你回了话，一定就有更多的话追着你：您看看，我们能文各种图案，我们的文身师可牛了，您这么时尚最适合文身了……王老师命令我说：走你的，别说话！

有一回刚文完小臂上的金鱼，下楼时我思忖，手臂上新鲜的图案明晃晃的，应该能够堵住这些人的嘴了。可一出大厦的门口，依旧不断有人近身询问。我遵王老师嘱沉默着左推右挡了多次之后，又有一个小伙子拦住我问：姐，文身吗？见他模样俊俏可人，我忍不住举起胳膊笑吟吟地说：刚文完，你看！果然他探头看看，没话了。

我得意地向前走，没出四五步，就听身后传来一声高喊：那你洗文身吗，姐？

点痣子

据我妈说，我以前也是白净过的。她老爱提我五六岁的某天，去幼儿园接我，人群中我白里透红的，很出位很醒目。她每次旧事重提，都是为了表示对眼前的我的不满，比如我总是变着法地把自己弄得很黑的时候。成年之后的我因迷恋黑皮肤，年复一年地用日光浴和灯光浴轮番狂晒，其结果，是黑也不俏白也不净，不伦不类。

除此之外，还有我日复一日地抽烟、熬夜、酗咖啡和浓茶等多重毁容之术齐头并进，内外夹击，终于有一天，我发现，脸上除了褶子之外，还冒出了很多小黑痣和痦子，并且已经到了有碍观瞻的地步。

终于有一天，我决定，从今往后不晒了，做一回我妈心仪的白净的人。

经时尚人士的指点，我准备去找在圈内名气甚响的民间去痣大师——西四痦子王，点痦子。

拉上白净的王老师直奔西四羊肉胡同。进了胡同，抻脖探脑地看门牌号时，一个大妈推门出来，见我就问：是点痦子吧？然后抬手一指，往前走，右拐左拐，就到了。

痦子王是典型的北京爷，态度不冷不热，不卑不亢，说话不紧不慢，有条有理，颇让我信任。玻璃板下压着他的行业代言人——体操名将莫慧兰的照片，当然是没有了大痦子的莫慧兰。老爷子扫了一眼我的秃瓢和破洞裤子，说：搞文艺的吧？我还未及答话，王老师在一边接茬儿：文艺搞她！

我临来前细细地数了需要点掉的痦子或者说是小黑痣，顶多也就十余个吧，结果，最后大大小小地居然点了三十六颗！王老师脸比我大，却只寻见了小小的三粒。

被祖传秘制药膏覆盖了痦子之后，我满脸小黑点，像个芝麻烧饼，戴上墨镜，心怀鬼胎遮遮掩掩地赶紧家走。至少要两个星期后，小麻点才会脱落，然后，静等疤痕退去，重现昔日我脸上的宁静。

第二天，我们给西安来的欧亚学院的胡院长拍片。在酒店大堂，我和胡院长寒暄之后，心虚地说：我脸上正在点痦子呢，实在不中看，对不起您了！他笑：哎哟，你不说，我还当是新流行的时尚呢！

第三天，我去剪头发。发型师 Kim 望着我说：你可以冒充算命大师了，瞧瞧，这脸上还有北斗七星呢！

一周之后，小个儿的嘎巴陆续脱落，脸上深浅不一地越发像个芝麻烧饼。每次见到王老师，都少不了探讨一番。他说：今天早上我一打喷嚏，最后一粒掉下来了，三个嘎巴我都保存了，以后我要装小瓶子里做成项链挂在胸前。我一直对他的麻点少而耿耿于怀，立刻表示非常鄙视他的自恋。

王老师气量比我大，不但毫不介意我的冷嘲热讽，临走时还嘱咐：最近别喝白粥啊！我不解，痦子王只说别吃生酱油，没说不能喝粥啊。王老师说：回头痦子掉下来，该变成芝麻糊了。

第二周的最后一天，我约了一众朋友在家聚会，其时脸上还仅余最大的一粒嘎巴。那晚喝高了，唱歌，跳舞，一直飘着，直到迷糊地睡去。第二天上午起床，洗脸时发现，最后的一个嘎巴不知何时不见了。脸上终于平展了，但褐色的斑斑点点依然醒目。

然后感觉到胳膊肘上的疼痛，不知昨晚何时何地磕掉了一块皮。

到卫生间去照镜子，细细端详着自己，脸上的芝麻瘢痕还没有最后退去，胳膊上的一块大嘎巴正隐隐作痒。我悲哀地意识到，无论怎样补救，也找不回那个曾经的“白里透红”了。

开发票

自从有了小公司之后，总记得消费后要开发票，但我一开发票，就闹故事。

柜台的收银员多半是小丫头小男孩儿。有一次，一个长得一副聪明样的小丫头开发票，刚写个壹字，就翻起白眼珠子，涂了厚厚睫毛膏的眼睫毛眨了又眨，问：姐姐，大写的三字怎么写来着？我用手比画着告诉了她，她很不好意思地说：噢，会了会了，一下子想不起来啦！再往下又卡壳了，吧唧几下红嘴唇，抬起头甜蜜蜜地说：不好意思姐姐，大写的七是怎么写的来着，我突然又失忆了！我又比画给她看。她连描带改，一张发票作废了，重新再开，索性把发票本往我跟前一推：您自己个儿写得了，省得我又造成浪费，肆我好像也想不起来了，我今儿有点头疼，好多字想不起来了。我写完发票，跟她说：等你不头疼记忆恢复的时候，把从一到十的大写汉字写一遍，放边上，预备着头疼的时候照着写。好嘞，姐姐，谢谢您啊！小丫头甜蜜蜜的笑脸像是遭到了我的表扬。

我跟王老师的小公司名字叫“午夜阳光”，这几个字我一般习惯说：上午下午的午，夜里的夜。有次一个男孩子反问：到底是上午的午还是下午的午？我顿时被问蒙了，从此以后学乖了，改说：中午的午。有一次收到抬头为“中夜阳光”的发票后，我彻底沉默了，再开发票索性一言不发，直接把公司名字写在纸上递过去，心说：看你们照着写还能整出什么花儿来！事实证明，娱乐无止境，有次整理发票，我居然看到“午夜阴光”四个赫然大字！

搭档王老师说：为什么你开发票闹故事的概率这么高？你必须从自己身上找找原因了。闺蜜美丽也批评我：我看这主要怪你，如此简单的事情，你要是说清楚写明白了，哪儿至于闹那么些笑话。有次一起吃饭，轮到她开发票了，她口齿清晰地说：姑娘，中央人民广播电台，记得别写成电视台啊，是电台！服务员去开发票了，美丽得意地解释说，好多人一听电台，就当成电视台，你看我事先说清楚，就免除后患了。发票开回来了，上写“中央人民广播电视台”。

另一次吃饭，同样是美丽开发票，她依旧口齿清晰，并免除了各种后患，结果服务员举着一张“中央农民广播电台”的发票给她。美丽阅后，不急不躁，微笑着问：“你听过中央农民广播电台的节目吗？”相貌朴实的女服务员很认真地回答：我们上班不让听广播。

有一天在餐馆吃完饭，美丽说：以后我们开发票省心了，现在不用那么麻烦开全称，写中央台仨字就成，比你们公司还少一个字呢。那天开发票的人不怕麻烦，依旧写了五个字：中央电视台。在我们的哄笑声里，美丽温和地对服务员说：没关系，拿回去重新开，我告诉你，去掉电视俩字，就开中央台三个字，知道了吗？

对方点头后小跑着走了，不一会儿又小跑着回来，我们都凑过去看，机打发票上抬头一栏，六个字格外清晰：中央台三个字。

路痴

有个笑话说：某人不想养他的猫了，就携猫出门，扔在路边，可等他回到家，发现猫已经比他先一步安卧家中了，于是又去了更远的地方，再次把猫丢掉，回家发现，猫又在家里以嘲笑的眼神望着他。愤怒之余，他去了更更远的地方，结果自己找不回来了，只好打电话回家求救，不承想，接电话的是那只猫。

常年与多猫朝夕相处，有时不由自主地把自己混同于猫，但在认路这点儿上，我太不猫了。我是个超级路痴，很多很多年以来，我为此非常自卑。

我在不认路上有很多笑料，说出来自己都不信。我能在自己家外五百米的地方完全迷失，甚至有一次我开车在小区转了好几圈才正确拐进通往我家的小路；能在商场里拐几个小弯走到收银台后忘记了买东西的柜台在哪里；在餐厅吃饭去趟洗手间找不回自己的桌子；去了几十次的地方，再去，还是两眼一抹黑……这么说吧，我的脑子一碰到路的问题，马上就短路，瞬间变成了一锅粥，而且随着年龄的增长和脑子进水状况加剧，以及自卑感的与日俱增，这锅粥越来越混沌。

有一次，出于自我挑战的动机，我打算开车去天桥剧场看话剧。出门前我打了一圈电话询问路线，居然没有一个人肯为我指路，他们像同谋一样给了我千篇一律的答案：打车去。最后的结果不难想象，话剧演一半了，我还在打电话求救，既找不到剧场，也回不了家。

还有一次，跟同是路痴的张美丽一起拎了三个大饭盒去亦庄的同仁医院看望病人，远远地看到医院的大招牌，却怎么也开不过去，等我不断地开过掉头又开过又掉头，气急败坏地摸到病房，中饭快变成了晚饭，病人和家属已经处于昏倒的边缘。从医院出来悲剧重演，我们无论如何走不上正确的康庄大道，最后只好哭丧着脸央求一个出租车司机带路，才得以到家。

我家猫爸十分认路，属于那种到任何一个国家的任何一个城市，抄辆车就上路的那种人，这让我非常羡慕嫉妒恨。如同我没法理解他为什么如此认路一样，他没法理解世界上怎会有我这样的路痴。有一回拌嘴，我跟他放言要“离家出走”，他就笑：走啊，记得带只猫一起走啊，免得想回来找不到家门。

为了不再自取其辱，我决定在开车这件事上认㞞服输。一是能不开尽量不开，减少害己娱人的机会，二是如果必须要开，但凡有可能，就拐向长安街，只要望见天安门城楼，心里就格外踏实。

后来我逐渐了解到，路痴并非我能力问题，而是生理缺陷，是我大脑的“海马体”功能有问题。大脑海马是位于脑颞叶内的一个部位的名称，名字来源于这个部位的弯曲形状貌似海马，担当着关于记忆以及空间定位的作用。掌握了这个科学武器之后，我算有了自卫的武器，我明确告诉猫爸，嘲笑别人的生理缺陷是不道德的。

事实也证明，“海马”这事的确有遗传，我们全家无一例外都是路痴，除此之外我家还有另一个不良家传，那就是窝里斗，时常抓住别人路痴的笑柄讽刺挖苦，所以，“避短”的本能让我们最终集体放弃了后天的努力，逢年过节，不爱出门旅行，就喜欢窝在家里吃大饭聊大天，将国际国内历史地理都变成餐桌上的下酒菜。

除了“生理缺陷”之说，令我稍感安慰的还有两件事，一个是，我的一个女友说，她为自己太过认路感到自卑，因为她听说，在这种形而下的问题上太明白，意味着在别的重大问题上存在缺陷。我听到这个论点后，突然间觉得自己耳聪目明，心似明镜，自信大增。

另一个是，不认路的女人很多，而且我的女友多数都是不同程度的路痴，我们时常在交换各自的路痴故事中彼此宽慰，并获得极大的快乐。其中最经典的，也是后来成为路痴代表作的故事是，张美丽说起看地图，很是困惑：地图怎么看啊，上北下南？可是……她举起一根手指，向上指指说：上，不是天吗？

俩字儿

我的搭档王老师的北京情结极为浓厚，为了成为一个地道的北京人，他二十年来坚持不懈地喝豆汁吃卤煮，并把东南西北城从二环以里到六环以外都摸得一清二楚，但时不常地，还得被我这个不辨方向喝不了豆汁的正宗北京人挤对一下，比如在他n、l不分，或者搞不清某个字有没有后鼻音的时候。

但王老师有个大优点，就是谦虚好学，所以他除了不断探索北京的道路交通问题之外，还勤能补拙地学了好多我都没听见过的老北京俚语，并时常进行归纳总结。

有一次我们俩为一什么事掰扯时，他突然说，我发现你最气我的就是俩字俩字地往外蹦，还都是爆破音。我表示不解。他说，你看刚才我絮絮叨叨地说了这么多，你回我的都是俩字儿，什么不灵、胡扯、瞎掰、没戏等等，后面都能跟个感叹号。

我一想，还真是。于是我们忘了斗嘴，顺势说起了北京话的俩字儿。

王老师说，你看，北京人说话可长可短能屈能伸，有时候话密得别人根本插不进嘴，有时候，什么话都能概括成俩字儿，比如，阿迪达斯叫阿迪，耐克叫钩耐，南锣鼓巷叫南锣，鸡腿汉堡叫腿儿堡，还有什么牛逼傻逼事儿逼……基本俩字儿一出定乾坤，别人没法接嘴了。

我想起我的一个大学同学，北京人，说话一向言简意赅，算是把俩字儿演绎到极致了，他把再见了说成“再了”，无所谓只说“无所”，没法弄叫“法儿弄”，甚至称女同学宝贝儿时，就叫“贝儿”。

王老师嘬着牙花子想了一会儿，问，你说这是什么原因呢？

我说，皇城根的人，透着权威、牛逼、不屑和不耐烦吧，什么也比不上用俩字儿外加爆破音能表达这些感情，比如敢情！歇菜！起开！来劲（来什么劲的意思）！赶紧！等等等等。

此后没过几天，我看到一个段子，想起我们关于俩字儿的讨论，赶紧转给王老师分享。这段子说有个女的闹到法庭上死活要跟她爷们儿离婚，法官问其原因，女答：实在无法忍受他每回性事的最后一刻都大喊一声：走你！

王老师笑得泪花四溅，过十分钟后平静下来后，跟我说：这女的肯定不是北京人吧？

我先是惊讶，后是气愤，接着不屑：你才真不是北京人呢，你居然没看懂啊！

王老师不服气，辩解说：这女的不是北京人，所以不明白“走你”是什么意思，不对吗？

我相当无奈，半晌无语，因为不知如何跟他掰扯，如果跟他说“就因为知道是什么意思才法儿弄”的话，有损我们俩人的智商。

我当时唯一能说的只有俩字：走你！

丫鬟的身子 丫鬟的命

上午不知几点钟，我被轰隆的巨响声惊醒，睁眼，立即看到身边三只猫惊恐的眼神，心脏怦怦地狂跳。屋子里很黑，外面有淅淅沥沥的雨声。我知道楼下有事发生了。脑子飞速地开始运转：墙塌了？柜子倒了？楼梯上的大油画掉下来了？还是日本鬼子进村了？无论怎样终归要面对现实，我忍住接茬儿回笼觉的强烈欲望，起身，摇摇晃晃地下楼。

楼梯拐弯处，家中最大的绿树歪叽着，边上的小花盆四分五裂，四周遍地落叶。这表明，刚才极有可能爆发了一场恶战，战败的猫从二楼失足跌落，穿越绿树，砸到了花盆上。我赶忙清点家中猫口，都在，都活着，没残废，没瘸没拐没伤兵，一颗悬着的心终于落地。

转到隔壁的房间，发现在我那风情万种的东南亚榻上，有一大摊猫尿。又是个无头案。因为我无从知道这块小地图是谁创作的，是胜利者表示欢庆、败将出于耻辱，还是旁观者为了起哄？

收拾，打扫，喂家猫，喂流浪猫，喂自己。喝咖啡，干活，看邮件，回邮件。两个小时后，做工作室三个人的午餐：咖喱海鲜饭。然后刷锅洗碗。

喝第二杯咖啡的时候，接到一个朋友的电话，说陪朋友带孩子来小区找音乐老师，等孩子学琴的工夫，要来我家小坐。

自然热情接待。

朋友带来的朋友是个漂亮的女人，优雅，不多话。一杯咖啡下肚，又在我家小转一圈后，突然间变成了话痨。房子真好啊！啊，你养这么多猫？啊，你家这么多植物都是真的耶！啊，你还做饭啊！啊，你还经常请客啊？啊啊，我要叫我老公来你家看！啊啊啊，我一定要叫我老公来看！对了，我能让我老公来你家吗？我新买了一个大房子，能请你帮忙出主意怎么布置吗？你这些好玩的东西哪里买的？你都去哪里逛？半个小时之内，我搞清楚了，这个美丽的女人，不工作，不做饭，不做任何家务，不管接送孩子，今天破例是头一遭……总之，我每天必做的事情，她都不必做。

女客人歇了几口气，又眨巴着大眼睛，一脸天真地问：家里重活也是你干吗？老公不管啊？我忍住几乎溢出的泪水，欢快地说：嗯呢，都我干！

随着采访的深入，她和我都不时唏嘘感慨，沉浸在对彼此的羡慕嫉妒恨中。

客人走了，我收拾咖啡杯和点心盘，开解自己：人家长得好看，小姐的身子小姐的命。我呢，丫鬟的身子丫鬟的命，认命吧。至于那些模样还不及我却也任活不干还颐指气使的女人，那是丫鬟的身子小姐的命，不知从哪儿赚来的好命。如此看来，没理可讲，唯有认命。

努力平复了不平的心绪，在桌前坐定。打开电脑，收件箱里冒出新邮件，客户增加了几项设计任务，老板要求赶在公司活动之前完成印刷。

QQ 提示我有文件发送，客户提示接收打包的图片，问：下周一能给我们看打样吗？

手机响，显示朋友的信息：周末的聚会没改变吧？十五个人吃饭你打算给我们做几个硬菜？

我娘来电话，说药快吃完了，何时有空帮她去取。

微博上猫友在催发新照片，有的要看白果，有的问二豆子昨天出门今天回了没有，还有人愠怒：为何一百年都没见面条了？

然后想起桶装水没了，猫砂该订货了，要去洗衣店取猫爸的衬衣，心里快速盘算着能否来得及在买菜做饭之前去游个泳。

天色转暗，煮一天当中的第三杯咖啡，吃块甜点，顺手放一张 CD，Sting 的《All This Time》，所有的时光。

年糕悄无声息地跳到我的腿上，转了三圈，舒服地盘卧好，抬起头，用它魅惑的鸳鸯眼温柔地望着我。

当丫鬟的感觉，其实挺好。

两个采买手的白日梦

我和王老师常用“见贼吃没见贼挨打”形容我们的职业。别人见到的是阳光的我们：不必朝九晚五，看艺术展泡咖啡馆，衣着鲜亮地混迹时尚场所，四处溜达闲逛；见不到的是我们阴暗的一面：彻夜点灯熬油，对着电脑蓬头垢面，后腰上顶着靠垫，嘬着牙花儿苦想幺蛾子。

所以我们格外珍惜阳光下的日子。不赶活儿的时间，我们喜欢逛店。这个爱好在淘宝盛行的今天不用说有点 out 了，但我们两个落伍的人多年来一如既往地快乐着自己的快乐。

我们逛店的口味非常杂，从高级大商场到小商品市场，从品牌店、创意店、家居店、服装店、画廊、书店，到花卉市场、宠物用品店、杂货店、面包店、超市甚至菜市场……这么说吧，凡是好玩的、好吃的，或者说只要能给我们带来新鲜感受的，都是我们所热爱的。

逛店的后果，就是一笔设计费还没挣到手就给提前花掉了，因此我们公司的财政状况总是有问题，用我们会计的话说“账面忒寒碜了”。另一个后果是，我家、他家、工作室，越来越堵得慌。王老师还比我多逛一个地方——旧货市场，每次回来都往下卸半后备厢的破烂，他形容自己的家是个“带顶的垃圾站”。

有一天我们逛得人困马乏，跑到咖啡馆里歇脚。王老师说：咱甭干设计公司，当采买手得了，凭咱这嗅觉触觉，这素质，这上厅堂下厨房的能耐，兴许比现在混得强呢。我一听来了精神：对啊，咱们逛着街就把钱挣了，这不就是传说中的把兴趣当职业吗！

我们于是开始了欢快的畅想。想着想着问题就出现了，现在人都网购了，又方便又省钱，谁还找买手啊，贵不贵满意不满意的另说，你们还中间吃一道，没戏！

可是，我说：现在买手店还是很吃香的，有钱又有品位的人，如果信任咱的眼光，咱又能眉毛胡子一把抓，把人家从家居到艺术品到植物到杯碗盘碟都给搞定了，也还是很有竞争实力的。我跟王老师讲看过的一个美剧，里面有一段就是说几个买手怎么机智地把很贵买到手客户又死活不认的椅子推销给好莱坞新星，他听着来劲，说这么着，我眼光好、善砍价，负责买，你善于观察人，还有三寸不烂之舌，负责说服客户，如何？

我自尊心受挫，说凭什么我掩护你撤退啊，合着重担子都落我一人肩上了，他说我担子也重啊，我得找货源、砍价，还兼当司机，你不就是动动嘴皮子吗？

我说，这么下来，敢情做成了是你有眼光，做不成是我推销不利啊？他说，你看你小心眼了不是，这是咱共同的事业，分什么你的我的啊！

夕阳西下的时候，我们的畅想已然变成，如果买手公司经营不下去，我就改为给人买菜做饭，他也别午夜阳光了，直接午夜牛郎得了。

打住，趁着还没晚高峰赶紧家走吧。

晚饭时，我们跟猫爸说起下午的讨论，猫爸说，瞧你们平日里钱难挣屎难吃的，我看改改辙兴许不错呢。又说，我们公司墙壁四白落地的，你们不妨给艺术艺术，也算练练手。

我和王老师跟打了鸡血似的，你一言我一语地谋划上了，说墙上得挂原创艺术品，还得添些装置作品和摆件，现在的桌椅太土了，全得换，公司员工着装也有问题……说到兴起还拿来计算器三下五除二外加二一添作五地一通按。

说到口干舌燥时，突然意识到猫爸半晌没接茬儿了，扭脸发现人没了。

我寻到楼上，对专心看电脑的猫爸说，刚才我们有了一些设想，跟你说说？他头也不抬，说，别费劲了，我已经决定不用你们了。

我下楼，跟王老师说：该干吗干吗吧，赶紧把碗洗了！

摔杯行动

不用说，每个家庭都有个领导的，而且领导的地位一旦确立就是终身制，轻易不会更改。我家的领导是猫爸，他的地位确立于我们相识的初始，我是糊里糊涂地输在了起跑线上。猫爸在公司也是领导，据说很多事情喜欢亲力亲为，但在家里，他这领导当得更到位，除了亲自上厕所，其他家庭琐事，基本是动口不动手。

有一天猫爸下班回家，跟我说：老瓦一家四口下周到北京，我想请他们和公司的一些同事来家聚会吃饭，你好好准备一下。我屁颠屁颠地问：多少人啊大概？猫爸眯着眼掐指一算，说：大概二十个吧。

老瓦是个德国人，名叫瓦尔特，是跟猫爸合作二十多年的生意伙伴，也是特别要好的朋友，有两个上中学的宝贝女儿，为这次来中国旅游，全家人计划了一年，很隆重。

猫爸是在吃饱喝足之后下的指示，平日这个时刻他该靠在沙发上闭目养神了，可此时他不但像个侦探一般在家中挨个屋东闻西嗅，还亲自拿了鸡毛掸子爬到楼梯扶手上清扫吊灯上的蜘蛛网，这让我越发意识到此次接待工作的重要性。

我如此重视猫爸的请客，除了领导与被领导的关系，还另有原因。猫爸平日里出门的时间比在家的多，往家招猫逗狗的事儿都是我干，一般他前脚出门，我后脚聚众吃喝，他回家看到的就是壁橱里一排空酒瓶子和我脸上的黑眼圈。我要抓住这难得的机会好好表现，借此减轻内心的负罪感。

我思忖着，虽然我一个人造大饭对付十二三个的是常事，但二十多人，又有国际友人，如果从下午的香槟茶点算起，再到正餐，餐后甜点水果，光是换杯子洗盘子就够把我钉牢在后厨了，即便我一步不入厅堂，服务工作也很难圆满。

我立刻想到三根救命稻草——搭档王老师、闺蜜美丽和倩倩。美丽和倩倩经过多年在我家厨房的历练，早就炉火纯青了，王老师不管真假是个艺术家，粗活儿和后厨肯定指望不上，瞭高接客、插科打诨、拍照留影的活儿就交给他了。

随后的几天里，我制定菜谱，买肉买酒买水果蔬菜，订蛋糕甜点，还和王老师一起去花卉市场买了两棵绿色植物和一后备厢色彩纷呈的小草花。正日子说话就到了。倩倩开车拉着美丽提前一天住到我家。

我们会务组四人先开了个筹备会。美丽在单位是个领导，手底下一大帮小后生归她指使，所以很擅长战前开筹备会战后开总结会。我们坐在小花园里吃着喝着，从服务态度到服务流程，甚至服务人员的发型着装说了一溜够，其间跑题不停争执不断，直说到日落西山温度骤降浑身哆嗦才告一段落。美丽站起身口气凝重地说：今晚开始各司其职做准备工作，明天随时行动，摔杯为号！王老师点点头，一脸认真地问：那明儿咱们到底几点摔杯呢？美丽愣神数秒，咬着后槽牙说：知道几点，还用得着摔人家杯子吗！

随后，我们又在吵吵嚷嚷中把凋零了一个冬天的前屋后院装点得花团锦簇，每个人都在否定别人中对自己的品位赞叹不已。

天擦黑的时候，猫爸归家。我们迎着他绽放出四张比花还鲜亮的笑脸，问：看到了吗？猫爸一脸诧异：看到什么？我们大叫：没发现大门口有什么变化？猫爸被我们推出门外，他一脸怅然看了半晌，才恍然说：嗯，面子工程搞得不错，弄得跟以前上海人的假领子似的！

有关第二天的聚会，我在此就不详细表述了，只扼要记录几个关键场面。

本来预计下午五点正式摔杯，但因老瓦一家中午落地北京，下午游览故宫，又回酒店沐浴更衣，到我家时已近八点，我们的“假领子真面子”全隐匿在黑夜中，无从展示。

聚会期间美酒音乐咖啡食物水果甜点均如设想般圆满，不曾设想的是在欢声笑语中突然爆发出惊叫。当时我正埋首锅台，听到外面一阵骚乱，倩倩惊慌地告诉我说卫生间地漏往上冒水，瞬间淹没了地面，正上厕所的客人拖鞋和袜子全被泡湿。我赶紧叫来物业，工人说下水道阻塞，只能临时疏通，第二天再进一步治理。自此，我的一多半注意力从厨房转移到了卫生间，随时准备手持拖把冲入。

晚上十一点，最后一个客人离开，美丽召开总结会。会务组四人遗憾冒水事件造成了不良影响，削弱了面子工程的所有努力。猫爸见我们态度端正，宽慰道：顶多算美中不足，不能说功亏一篑。王老师觉得不过瘾，挑事说：我觉得应该好好调查一下，客人来之前究竟是谁堵塞了马桶，险些破坏了中德两国的友谊！

香港行

作为一家厨房之主，我基本不在节日期间出门。历史上有过几回长假，我想出门过几天不进厨房的日子，结果发现回来更没好日子过，我爹我娘见到我就争先恐后地告状，我爹说：你妈费半天劲做了一桌子菜剩了半桌子把你哥他们给吃跑了然后我每天都吃剩菜……我娘说：你哥请我们出去吃饭你爸点的菜一个比一个难吃……

所以，过完皆大欢喜的新年，我和猫爸、王老师出门奔了香港。

候机的时候我们试图回忆这是第几次三个人一起去香港，结果三个人说了三个数，然后纠缠不清地上了飞机，直到开过饭又把咖啡和茶喝了两遍，总算在次数上达成了共识。王老师接着说有必要搞清楚都是哪年去的,不为别的就为锻炼我们都已呈现早老性痴呆的脑子。在这个难题的困扰下，我们想一会儿睡一会儿再想一会儿，直到飞机开始降落，还在打罗圈架。猫爸说：挑事吧你就，搞得人一上路就这么疲惫，我一年来多少趟香港啊，怎么记得清楚哪次自己来哪次一起来的？王老师说：得，咱们还是想想今晚去哪里吃饭吧。

三个人的关系一下子变得空前团结气氛热烈而友好，脑子也开始灵光，三下两下便达成共识。

晚上十一点，仅凭着三年前一次误打误撞的模糊记忆，我们一点冤枉路也没走，就寻到了湾仔那家小馆子，进门二话不说，连吃了两大碗秘制牛腩一大碗蚝仔粥以及云吞面鱼蛋肉圆等一堆香喷喷的乱七八糟，十二点我们昂首挺肚走出餐馆，十分钟后却又不由自主地迈进另一家甜品店。

是夜，我们三人分别对“吃饱了撑的”这句话有了切身的体验。我发现人不光饿能两眼冒金星，撑着了一样冒。猫爸以前只知道饿了会睡不着，现在晓得撑着了一样睡不着，王老师说他夜里一直头晕，大脑严重缺氧，想必是脑子里的氧都跑去胃里加班了。

第二天我们在酒店的早餐桌上相互问候了身体和精神状况之后，再次重申为了身心健康很有必要自尊自爱一点儿，好歹是北京来的，也算吃过好东西的，折戟沉沙在香港大排档上，搁哪儿也没脸。

在此有必要交代一下我们三人香港之行的主要目的，那就是购物，确切地说是我和王老师为在北京从不进商场的猫爸添置些行头。几天时间里，不爱逛商店但是必须要买东西的猫爸和爱逛商店但不为给自己买东西的王老师和我，完全凭借着上一顿吃得过饱必须要走路消耗和对下一顿的热烈向往之情，才得以坚持转战于一个又一个店铺。猫爸因为吃得顺畅而买得舒心，甚至出乎我们意料地认可了一双红皮鞋。

坐着出租车离开酒店前往机场时，我总结说，此次香港之行除了我只收获了肚腩有点儿遗憾之外，还算是很圆满的。猫爸看着自己脚上人生的第一双红皮鞋，点头表示赞同。王老师说，圆满这个词是不能随便说的。

果然，就出了岔子。

到了机场，风风火火的司机师傅手脚麻利地帮我们从后备厢里拎出了行李，问：系（四）件对不对？转身找推车的王老师、往钱包里放钱的猫爸和我不约而同地应答说“对”，随之，在出租车扬尘而去的几秒钟后，猫爸大喊一声：“我的包呢！”

在猫爸惨白的面色之下，我们清点了一遍又一遍，果真没有他的随身提包，而这个包里有他带来的电脑和一台刚买了一天的苹果电脑，以及身份证、车钥匙等等等等。猫爸马上致电他的香港朋友，对方说，赶紧到机场里面的警署报警。我们在往警署的路上打电话给酒店，怀着侥幸心理期望提包在结账时落在前台了。此时猫爸和王老师在惊慌之中记忆力突然回光返照般地恢复，说想起了司机的名牌上写着“林家表”三个字。电话里酒店前台告诉猫爸一好一坏两个消息，坏消息是包没有落在前台，好消息是他们记下了出租车的牌号。

警署里接待我们的年轻警察温和而阳光，一通电话之后，让我们耐心等待消息。猫爸跑去改签机票。不得不赞叹香港警察的工作效率。大约二十分钟后，年轻警察满脸微笑地告诉我们：司机找到了，包也找到了，他马上就会送过来。我们长舒一口气，鞠躬致谢。

转签了下一班航班。飞机上开始供应吃喝时，经历了劫后余生悲喜交加的猫爸已在疲惫中昏睡过去。我一边往面包上抹着黄油一边说：现在总可以说圆满了吧？

王老师厉声说道：住嘴，飞机还没落地呢！

有关英雄的畅想

有天和王老师去打球，路上堵车，收音机里正在播放红色经典歌剧《江姐》的那段“绣红旗”，我突然就想起了以前在杂志社工作时的女主编。

女主编从小最崇拜江姐，她说从知道江姐的故事开始，就苦练十指功，每天花很多时间在洋灰地上敲打自己的十个指尖，为的是有朝一日被敌人刑讯逼供，用竹扦子也扎不破手指。

记得有一回几个同事在她家喝酒，喝高了之后，她绯红着小脸，跟一个在我们杂志帮忙的革命青年、曾经的天安门国旗班班长齐声朗诵了电影《英雄儿女》中的一段：“我们的王成，是毛泽东的战士，是顶天立地的英雄，是特殊材料制成的人……”女主编声情并茂，甚至将电影里那位男声朗诵者的歪嘴都模仿得惟妙惟肖，我一时控制不住笑瘫在地上，引发了她的不满。

你这种小资产阶级分子根本不懂得我们的革命感情，她指着我说，虽然你只比我小了几岁，但我们出身不同，情怀也不同。她说她和班长都属于理想主义者，为了信仰可以抛头颅洒热血那种。我觉得冤屈，说这些年我跟着你抛家庭舍健康征战南北，为拉广告搞发行喝酒喝得小命都快没了，不都是为了理想吗？她想了想说：好吧，你勉强可以算个有理想主义色彩的人。

我跟王老师讲了这段往事，他在感叹之余说，他要是入了敌人大狱，只能求上帝保佑自己绕过老虎凳辣椒水直接上美人计，还掰着手指头数那些英雄，黄继光、董存瑞、邱少云，说一个比一个惨烈啊，想想都肝颤。

车开不动，闲得无聊，我们就势把身边的人剖析一番，看看有没有具英雄潜质的人。

我先拿我家人开刀，说我爹我娘肯定不灵。我爹虽然年轻时就向往革命闹着跟剥削阶级家庭划清界限，上大学时还接触地下党外围组织什么的，但骨子里还是贪图享受，要是关进大牢里，饿上几天，不用别的，一碗香喷喷的葱油面往跟前一放就招供了。

我娘倒是不贪图享受，但胆子极小，进医院看个病都筛糠，别说上酷刑了，往渣滓洞路上一带就坦白了。我哥也有软肋，禁闭一段日子，给他放一场欧洲杯足球赛，再来盘豆角馅的饺子，一感动准把真话秃噜了。我姐，我知道她最怵脏兮兮的厕所，把她搁大牢里，靠着恶心的马桶，一个晚上必能搞定。

我家猫爸稍微难办一点儿，平日里意志坚定油盐不进软硬不吃的，即便是威胁他把媳妇抓起来毙了也多半无动于衷……我正犯难时，王老师心生一计，说他这人最怕不着四六，给他每天安排一堆说话没重点没逻辑车轱辘话来回转的人没完没了地跟他谈话，准能把他逼疯！

说到自己，王老师麻利地说：我最好办了，直接上美人计就成，我一准跟她掏心窝子。

我寻思了半晌，说：我这个人吧，看上去软肋多多，比如，别说抓我家里人了，抓走我一只猫就基本半残了，但好歹也是个有理想主义色彩的人，真到了紧要关头，还是挺能扛事的，你说呢？

王老师喊了一声，说：对付你比我还简单，什么脑筋都不用费，也不用太多成本，把你关上两天，拉出来审的时候，甫志高在你边上端杯咖啡晃悠，一句话不用说，齐活儿！

老不正经

几年前，我的大学好友富平跟他女儿苗苗一起，出于好玩，把王老师画的猫和给我拍的一张古怪照片拿去做了几件 T 恤衫，我第一次见到自己的头像出现在 T 恤上，喜欢，忍不住就放到微博上显摆，惹得不少人跟帖评论，其中一人夸赞说：哟，是个很有味道的小女子呢！我刚为“小女子”三个字得意了没一分钟，就蹦出了一条新评论：小女子？我看她是老不正经！我一激灵，再细一看，此人我不但认识，还相当的熟，她就是倩倩的外甥女，正在美国读心理学的乖乖。

我当下就要热泪盈眶了。

我坐在咖啡馆里跟王老师讲这个故事，解释为什么会有热泪：我在很年轻的时候，就认定“老不正经”是个褒义词，并把这四个字确立为自己未来的人生追求，现在看来终于被认可了。

在我眼里，老不正经是一种常人难以达到的境界，能称之为老不正经的，一定是见过、玩过、飘过、颓过，一把年纪了依然随时可以嘚瑟而且风头压得过俊男美女的那种人。比如鲍勃·迪伦，比如麦当娜。

王老师说，老不正经一定得是自有过人之处不循规蹈矩的玩主，不把自己年龄当个事儿，怀揣一颗顽童之心，信马由缰，当然了，还得能 hold 住。

王老师心目中的老不正经典范是黄永玉。顺着他的思维我就想起了上大学时被我们所有同学热爱的杨敏如老师，老先生教宋词，每次上课前必然小酌几口，然后飘乎乎地站在讲台上洋洋洒洒吟诗作赋，说到动情之处便如少女一般的妩媚，惹得讲台下的我们也跟喝了一样，痴呆呆地神情迷乱。记得有次该她上课，久等不来，系主任跑来宣布，杨先生今儿酒过量了，请假。

王老师突然说，你不觉得咱周围这一个个的，都有老不正经嫌疑吗？

那年暑假期间，以乖乖和苗苗为首的一干小不正经以及作为长辈的我等老不正经，在我家没少聚会。聚会步骤从下午进我家大门开始，分别是：喝小酒、吃小点、大吃大喝的晚餐、餐后甜点、水果，然后，杀人游戏开始。乖乖回国前几日的最后一次聚会，八大盘菜和一锅白米饭被迅速干掉之后，杀人持续了五个小时。其间，小不正经们镇定自若神态安详，淡定杀人刀刀见血，分析案情丝丝入扣以理服人，而老不正经们始终情绪激动，欲盖弥彰，口水仗此起彼伏，一度吵嚷得差点把小区保安招来。

这又引出另外一则故事。

那天的杀人游戏于凌晨三点半结束，我送走各位法官警察法医平民之后，又熬到东方鱼肚白，去机场送了赶早班飞机的邦子和皮皮母女，回家栽倒在床上不省人事。不到九点时电话突然响起，一个不认识的男人问我是不是刚刚出现在《时尚COSMO》杂志上的人。我迷瞪了好一会儿想起前些日子给朋友的一组专题采访凑份子，有采访和照片，于是嘶哑着嗓子答是，对方说，杂志上有您一张远景照片，但依然可以清晰地看到您的风采，我还看到了您手臂上的文身，那个是真的文身吧？这种无厘头的问话换作我清醒的时候，必然是不予理睬的，因为犯晕，便答是。对方更加兴致盎然地说，我有一家文化公司，想跟您合作，咱们找时间见个面如何？我说：抱歉，本公司人手少业务满，不能接活了，然后挂断。睡至中午起床，我发现手机上有条短信：潇潇小姐，非常希望结识你，请安排时间一聚。

说到这里，我得意地给王老师看手机上的这条信息。

王老师笑得花枝乱颤，说：此人看到你远景油光水滑的照片，还有那些若隐若现的文身，猜测到你是个小不正经，但若知道你是个老不正经，兴许跑都来不及呢！

我们从咖啡馆出来，初秋的阳光强烈。一个背着大相机的年轻男孩气喘吁吁地追上，很娘气地说：二位请留步，我是街拍的，您二位的穿着打扮时尚有个性，想给你们拍个照可以吗？

我们异口同声地答：谢谢，不拍！

走出几步后，王老师说：嗯，可以肯定地说，咱们还真算得上老不正经！

投五投六

“投五投六”是句上海话，但是我这个号称懂上海话的上海后裔，两年前才第一次听到。

在此有必要描述一下当时的情况。我的闺蜜美丽同学到我家过周末，上午太阳老高起床后，我跟她说中午想做茄丁面，她跳起来说：好啊，我去买茄子！然后一溜烟儿奔了小区的菜场。半个小时后，门响，我在厨房里听见美丽嘟囔说：钱没带够，我很快就回来哈。过了十分钟，门又响，我听见她说：哎，送菜的没到吗？然后又没了影儿。再过十分钟，门第三次响，美丽烦躁的声音传来：气死我了！什么事啊！随后又没了动静。

中午我爹我娘我哥和我侄子过来跟我们一起吃饭，美丽讲述了她买茄子的经历。她到了菜场买了茄子之后发现春笋特新鲜山竹和草莓也很喜人还有刚上市的香椿，于是全都入筐，结账时发现带的钱不够银行卡也找不见了，于是让菜场的人送货，货到付款，结果送菜小伙在小区转悠了好多人家最后才送到我家，这中间怕耽误中饭而性急的她又去了两趟并试图在半道上围追堵截均未遂于是恼羞成怒气急败坏……

我爹听完了故事，笑说：你知道有句上海话能准确形容你刚才这些举动吗？老家也在上海的美丽不打磕巴地说：投五投六是吧？

这四个字翻译成普通话就是：做事不靠谱，跟没头苍蝇似的稀里糊涂乱七八糟。

俗话说物以类聚，还真是。我要好的女友大多都有点儿投五投六，我应当算得上其中的佼佼者了。此刻我想盘点一下自己投五投六的事迹，一时间往事桩桩件件地从各个历史年代向我涌来，还真有点儿难以招架。

在此仅举两例。

早年间我在东三环边上的塔楼居住时，有天晚上听到隔壁女邻居在阳台上叫我，说她闻到浓烈的焦煳味，问我炉子上有没有烧东西，我说什么都没做肯定不是我家，然后跟她一起分析煳味有可能来自谁家。正当我用手指头蘸了唾液试探风向并给她讲解此中道理时，见她两眼突然现出惊恐的神情，然后颤巍巍地伸手指向我们两个阳台之间的窗子，那是我的厨房，白色的浓烟正从里向外喷薄而出，我冲进厨房时才想起炉子上热着半锅晚饭喝剩的鸡汤。

在此地居住期间，还发生过一件相当投五投六的事情。那时我住的一套三居室里住了三个单身，我的男室友常带不同的女友回来，女室友也勤于更换男友，所以开门看到生人从不奇怪。某夜我加班回家，晕晕乎乎地进了隔壁一幢长相一样的高楼，上到十层掏钥匙开门，打不开，钥匙也拔不出来了，正来回较劲的时候，门开了，一个从没见过的女人冷峻地问我找谁，我说不找谁，回家。女人脸色更阴沉了，说你走错了吧，这是你家吗？我说当然是，要不我怎么有钥匙呢？女人提高声音说这是我家，你究竟找谁？我有点儿气愤，说这可以是你家但的确也是我家。女人用手撑着门厉声喊道，谁谁谁你出来，这是找你的吧？门口又探出一个陌生男人的头，仔细端详过我后一脸诧异地说，我真不认识，你究竟是谁家的啊？后来我努劲拔出钥匙扭身往外跑的时候，门里面的吵闹声还在持续。

我一直想不清楚，遇到严谨的猫爸是我此生的幸事还是劫难。同样想不清楚的是，世界上怎么还有这种极少出错的人。我承认在猫爸出现之后我投五投六的故事和事故都大幅度减少了，但也不能不承认与此同时派生出的不良后果，那就是因为害怕出错而导致的放弃，因为要努力靠谱而丧失的异想天开。

我在投五投六之后最常为自己开解的话是，常生小病不生大病，常犯小错不犯大错。我跟猫爸没有散伙，除了我的知耻而后勇，或许是他信服了我的理论，或许他已疲于同我理论。我愿意相信的是，他逐渐意识到，小小的错误往往是令这个世界变得有趣的重要因素。

我爹的理论是，女人比男人更投五投六。这理论在我很小的时候就听他说过，只不过当时没用这个上海词汇而已。我还记得他举过一个例子，说他一个女同事，长得端庄秀丽，气质也优雅，就是有点儿稀里糊涂，有一次从厕所出来脖子上挂着一根皮带，这让她形象大大地受损。

我爹讲这个故事是为了警示我这毛糙丫头，但显而易见，我只是当成了故事。

我的中文盲外甥 Randy 有一年回国度假时，曾在一家饭馆里指着墙上一幅字问写的是什么，王老师回答说：难得糊涂，这是中国古代一特有学问的人郑板桥写的，意思是说男的都糊涂。

熟知王老师搞怪路数的 Randy 说，我看这人没什么学问，地球人都知道，女的比男的更糊涂。

越吃越快

我说过我家的家风很成问题，但没说其中一个最大的问题，那就是吃饭的问题，这问题就出在一个字上：快。

记得小时候，我家正义感特强的姐姐为此召开过家庭会议，说一来客人就觉得很丢人，人家还说着客气话，我们已经开吃了，人家还喝着酒，我们都盛饭了，人家盛饭的时候，我们开始喝汤，人家还没喝汤，我们全家都撂筷子了。家里吃饭最慢的是我妈，闻言立刻手指我爹说：赖他！都是他带的！那次会议最后确定了一个惩罚制度：从明天开始，第一个吃完饭的人负责洗碗。

会议过后的第二天，全家照例吃得很快，我爹在还剩最后一口米饭的时候，突然把碗放下了，说吃急了，缓缓，等会儿再吃。我们心生狐疑，突然意识到洗碗的问题，纷纷开始细嚼慢咽，一顿饭磨磨叽叽吃得收不了尾，最后姐姐做主说：今天的碗就由爸来洗了，不对，刚才他还企图浑水摸鱼，这一个星期的碗都由他洗！

我爹解释他吃饭快的原因，说这是从小养成的习惯。虽然他生在有钱的大户人家，但亲戚朋友、食客、下人加起来，每天吃饭都要开好几桌，那时候家里不惯孩子，兄弟姊妹五个跟家庭教师和管家司机一桌，菜式和菜量都没法跟主桌比，小孩子胃口好，每次都怕饭菜不够，上来先用肉汤菜汤拌饭，一气招呼两大碗……从此速度就再没慢下来过。

其实我娘也是肇事者之一，她虽然吃饭速度慢，但性子不慢，招呼家人和客人吃饭的一句主打语就是“快吃快吃”，搞得我们像埋锅造饭吃完就要打冲锋的战士。对此她也有自己的解释，一是吃饭要趁热不要说话，二是当了一辈子校长，家里家外事情多，赶紧吃完饭该干吗干吗。

我家猫爸刚进我家门的时候，吃饭很细致，我想这也是他当年吸引我的一个原因，那是我向往的斯文啊。不承想，几年下来他练就一身快吃的本领，而且越吃越快，速度逐渐位居全家第一。偶尔家里来了德高望重讲究礼数的客人，我们跟随着人家的节奏矜持地间歇性放筷子，饭后他就喊没吃好，强烈要求晚上加餐，再快吃一顿。

近些年我娘健康当道，加上吃饱了也没活儿要干，于是带领全家反省吃饭快的害处，除了显得缺乏教养不够体面之外，对身体也不利，总吃撑就是证明。但最主张快吃的我哥坚决不同意慢吃，认为吃得快说明牙口好、胃口好、身体好，说明饭菜好吃，只有风卷残云才是对大厨最大的肯定和尊重。

作为家庭厨娘，虽然常有忙一整天吃一刻钟的失落感，但我哥的最后一条理由深得我心。在我的纵容之下，如此情景每周在我家上演：我在厨房里还没结束最后一道菜，就听到外面餐桌上盘碗勺子碰撞的声音此起彼伏，夹杂着敷衍性的招呼：快点儿来啊，我们等你！待我闪转腾挪快速跟进，众人已然吃得浑然忘我，一大桌子菜在谈笑间灰飞烟灭。

来我家吃饭的朋友，从第二次上桌就明白了，跟这家人拿腔捏调只有一个结果，就是自食其果，或者说连果都捞不到吃。我家的常年食客王老师和美丽倩倩之流，早已神功在身，一只手为左邻右舍递盘子布菜，另一只手往自己碗里排兵布阵，绝不会有半点儿闪失。新近加入我家饭桌、以慢食著称的蛋蛋妈，在连续三次好几道菜没吃就光盘之后，终于放弃了几十年练就的修养，开吃之后，一句话不说，把想吃的菜先夹过来码放到眼前自己的盘子里，然后从容地细嚼慢咽。

我那正义感强的姐姐，出国二十多年，越发寡不敌众，每次回来，都不情愿却又无可奈何地被裹挟着越吃越快。有一天饭后，她抚胃长叹：在咱家饭桌上，我算明白什么叫“不以为耻反以为荣”了。

破烂情结

我这里要说的是两个概念，一个是“破烂”，另一个是“破烂儿”。

先说“破烂”。我一直对嬉皮风格的“破烂”服情有独钟。我不善施粉黛，不会穿高跟鞋，崇拜约翰尼·德普那种乱七八糟的混搭范儿。这么说吧，一件价格再昂贵的奢华鲜亮的服装也不足以让我产生占有欲和兴奋感，而一件有风格的破衣烂衫，却能让我瞬间热血沸腾心跳加快。我衣柜里最贵的一条裤子，是条千疮百孔烂不成型的牛仔裤，它在瞬间击中了我的心脏，因为限量加走秀版，价格惊人，但我像中了魔一样，想都没想，怔怔地掏钱拿下。

这条昂贵的新裤子给我带来不少麻烦，走路风驰电掣的我，经常因为破洞被钩住而趔趄，又因为心疼而万般懊恼自责。事实上，我衣柜里有无数件貌似犀利哥的衣服，穿起来都枝枝杈杈的，人走出好几步又被拽回来的现象时有发生。

我娘若知道我身上的破烂衣服是如此不菲的价格，多半会捂着胸口倒下的。我婆婆更是无法理解我的穿着品位。有一次，我去上海出差，没打招呼就上门，恰逢夏天，家里房门开着，她隔着门帘，先看到门外一双光脚穿着球鞋，随后是卷着腿儿的破洞牛仔裤，立即高声用普通话说：我们不换鸡蛋！

一个海归的IT精英曾经很疑惑地问我：如果出席个鸡尾酒会什么的，你怎么整啊？我说，知道什么叫化腐朽为神奇吗？那个时候我还不知道这个世界上有个叫川久保玲的设计大师，不知道她在一九八二年有个革命性的时装发布会，用黑色的看不出身材的乞丐装震惊了世界。有评论说：“她让我们发现了许多遮盖在高级时装流行外衣之外的许多东西，尽管可能被嘲笑讥讽，但经过时光的磨洗，我们不得不收起愚蠢的高姿态，细细品味她带来的无穷魅力，在破破烂烂的布片背后，蕴藏着一种对自己的再认识。” 三十年后我看到这样的评论时，更加坚定了与破衣烂衫纠缠到底的信念。

再说“破烂儿”。我身边的王老师是个破烂儿爱好者。周末的大早上，他常一头扎到旧货市场，混上两三个小时，用一张大票子换回好多小破烂儿。有一次在三里屯，碰到几个收废品的外地人，板车上捆着几把估计是使馆门口捡的椅子。王老师一眼看中其中一把，讨价还价，四十五块钱拿下，两相欢喜。回来一收拾，居然看上去里外三新的，颇有贵族遗风。

王老师淘破烂儿最怕身边有我这种人，一边讽刺挖苦地不屑，让他底气全无，一边搞不清他的虚实，不该出手时胡乱出手，好几次他为砍价做犯难状说“没带那么多钱”，我都抢着说“我有我有”。

我周边的朋友们时常被王老师喋喋不休地嘱咐：记住，除了生理垃圾，都别扔！如果有人搬家，王老师一定要赶在成为废品之前先过滤一遍，他家里不少像模像样的家具和摆件，来自各个国家不同年代，经他鼓捣搭配，价值陡增。

我们朋友中还有一个爱破烂儿的，那可是个真正的收藏家。中国的秦砖汉瓦、翡翠玉石，甚至整栋的老房子，外国的设计大师作品，从极品家具到高级相机，无一不在他的收藏之列。据说他小时候就好捡个破烂儿，终日在垃圾箱周围游荡，大他八九岁的哥哥嫌他丢人，一度威胁他说：再看你捡破烂儿我就揍你！事隔多年，做房地产老板的哥哥笑谈往事，说有一次他出差回家，听他弟在门口小声问他姐：打我的那人回来了吗？我说，这还真应了那个段子：小时候把 English 读成“应给利息”的后来当了银行行长，读成“阴沟里洗”的成了菜贩子，读成“因果联系”的成了哲学家，读成“硬改历史”的成了政治家……

经常被我讽刺挖苦的王老师，化腐朽为神奇的本事大大高于我。我扔掉的破烂儿，到他手上，转眼之间就改头换面成了艺术品，就连我养不活的花花草草，都被他拾回家变成了装置作品。他最新的变废为宝之作是，把我一双早就打入冷宫的黑皮鞋，用丙烯颜料涂成了红色，我搭配黑衣服穿，居然爱不释脚。

你还能相信谁

以前做一本名为《 SOHO小报》的刊物时，王老师每个月要为封面设计绞一回脑汁。木木和许洋主持的小报，封面标题有时俩字，有时一堆字，有时很家常，有时很拗口很晦涩。每次看到新一期的封面标题时，王老师就嘟囔说：这俩坏人，又出难题考我！

随着封面标题发给王老师的还有一堆文章，只爱看画不爱看字的王老师就让负责内文设计的雨川说给他听。小报是他们俩共同完成的一件设计作品，他们俩也经常遭到表扬。每当木木让我转达上至领导下至群众的赞美时，我就问：这就完了？没我什么事吗？木木很冷血地说：你一个茶水，要什么表扬？好好伺候两位大师，留神别把人烫着！

其实我对王老师的创作是有贡献的。

比如，有一期叫《物质下的艺术》，王老师说要用面粉烤出“ART”这个英文词，而这三个字母，是我揉了面用烤箱烘烤出来的；《西方的物质东方的灵魂》用的老麻将牌，是我贡献的老爹的家传；还有，《消费》那期，里面用的各国小零钱，是我的收藏，其中一根筷子上的人民币，是我卷的；还有，《欲望时代与平庸的恶》，是王老师从我家吃完饭抹完小油嘴出门，看到我家院子里的落英缤纷之后，突发灵感，用地上的落花拼成了人脸，才完成任务博得了满堂彩……

记得有一期小报封面，主题是《你还能相信谁》，王老师说，他一直苦思冥想，结果，我打电话叫他吃饭，接电话的那一瞬间，他的脑海突然灵光一闪，想到了匹诺曹，于是，一个伟大的创意诞生了。

说到《你还能相信谁》，让我想起一个故事。

有一天，木木打电话跟我说，一个编辑朋友要给她的报纸上一篇“宠物与人”的报道，我和我家的猫有很多故事可以讲，请我一定帮忙，配合完成。我应允了。来采访的是个小丫头，跟我聊了两个小时，又举着相机拍了一堆照片之后，心满意足地离去。我送客出门时问：能在上报之前让我看看你的文章吗？小丫头爽快地答应了。

两周之后，小丫头给我的手机发了条短信：文章完成了，明天见报，时间太紧，来不及给您确认了，请放心，不会有问题的，您可以上报摊买来看。

第二天，我特意开车出门，二十分钟后兴冲冲地奔向报摊，散发着油墨清香的报纸放在最显眼的位置上。我心里盘算着，给父母、哥嫂、猫友、闺蜜、同学……我买了十份报纸，转身进了旁边的咖啡馆，买了杯咖啡坐下。

我和我的猫，文字加照片，占了满满一整版。大标题格外醒目：漂亮的女孩和她漂亮的流浪猫。我手中的咖啡一抖，洒到了桌子上，随即我红头涨脸地四下瞟了一圈。

掏出电话打给木木：你介绍的人，怎么那么不靠谱？木木听我说了标题，笑成一团，说：你看，多喜兴的标题啊，你该高兴才是！她答应马上问问。一刻钟后，电话打回来：我问了小丫头的上级我那朋友，人家说，标题是他们从记者到编辑到美编到主管，先民主后集中统一认可的，谁让你照片上装嫩！

在木木的再三要求下，两天之后我带着报纸上门。她对着报纸笑了许久，说不出一句话。她的大老板潘总开完会从屋里走出，好奇地问：看什么呢这么热闹？拿过报纸一扫，也笑，从桌子上抓过一支笔，在“漂亮”两个大字上画了一个圈，打了个问号，又看我一眼，说：这个嘛，各人眼光不同，我不做评判。又在“女孩”上更使劲地画了一个圈，打了个更粗的问号，说：女孩？女孩的妈差不多。然后丢下句：猫还是挺漂亮的。走了。

吃晚饭时，我委屈巴拉地跟猫爸发牢骚，说前些日子的采访让我很没脸，报纸一份也不好意思送，全砸手里了。他很好奇，说赶紧拿来让我看看。我颠颠儿地把报纸举到了他的面前，心情已然舒展起来：好歹身边还有自己人啊！

猫爸捋不直舌头地把标题念了一遍，停歇数秒，把报纸重重地放在了桌子上，紧跟着手掌“啪”地拍将上去，一字一顿地说：现在的媒体……还怎么让人信啊！

瞎折腾二则

一

我这个家里的厨娘公司的茶水，平日除了津津乐道于买菜做饭之外，还有一件事乐此不疲地做了很多年，那就是折腾家具。

常有来客在厨房里见我把沉重的大炒锅颠来倒去而对我的细胳膊如此有力赞叹不已，其实这对我而言连小菜一碟都算不上，更别说我的大菜硬菜了——我能一个人把个硕大的单人沙发从二楼搬到一楼，或者把实木的一米见方的茶几从一楼扛到二楼然后再扛回一楼，至于把十几个大花盆从楼上露台到楼下中庭地倒腾，简直就不足挂齿。

猫爸常跟人提起十多年前的一次午夜惊魂：凌晨四点，他晕乎乎地起床上厕所，推开卧室门到了客厅，更晕了，眼前已然完全不是他睡觉时的客厅，两米长的餐桌、一组沙发和书柜酒柜无一不被换了位置，他呆立半晌，直到看见披头散发的我，才确信的确是睡在自己家里。

这样的场景每隔一段时间出现一次，我顶风作案的次数多了，导致了另一重的审美疲劳，猫爸索性对新来的后到的、掉了个儿的大小家什一概视而不见。我对猫爸说，你瞧，我一个人一分钱不花，悄没声地把家旧貌换新颜了，让你一套房子住出七八套的感觉，这老婆娶得太值了。他说：不花钱？那败家娘儿们的称呼怎么来的？

有一回我跟王老师闲逛，发现一家专营欧洲古董家具的店铺，我这败家娘儿们决定不枉担虚名，在此店关张打折之时，以五折价格拿下了五件有百年历史的老家具。败完家的当晚，我彻夜亢奋，东方鱼肚白了还举着卷尺楼上楼下地丈量，脑子里勾画着即将到来的柜子沙发们安卧我家的美丽景象，倦意全无。

在此我就不详述折腾细节直接说但是了——此番折腾，让我的后背疼了足足一个星期，连续几天，我痛苦地趴在小区按摩院的床上，哼哼啊啊地惨叫，痛并快乐的情绪之外，还有一种牺牲在工作岗位上的豪迈之感。

终于到了周末，我家迎来了第一批客人——我爹我娘和我哥。想象着即将到来的赞美，我撂下饭碗等不及收拾，就央求几位起身参观。我哥点上根烟，不说话也不动窝。我爹说：不用看我就知道没什么好看的，基本上这几年你家让你越折腾越没法看。我娘照顾我的情绪，欢快地起身说：好啊，看看看看，不过我跟你说啊，你实在太能瞎折腾了，这是最后一次折腾了啊，别没完没了啊……我停下脚步，悲凉地转身，心里正在组织有分量的回击语言时，耳边飘来我哥的笑声：嘿嘿，多余吧你！

几天后猫爸出差归家。进门换好拖鞋，我便向他抛出多年来始终让他不寒而栗的问题：看咱家哪里不同了？他放眼巡视良久，扑向进驻我家三年的沙发，被我拉回之后，他又淡定地指了指买了起码有四年的茶几。当他终于拍着此番买进我最爱的法国老柜子而我也终于呼出如释重负的一口长气时，他问：你把这个柜子搬楼上来了？

二

我在美国的姐姐，有天对她的儿子我的外甥 Randy 说：咱家我现在最愁的就是两件事，一是你舅舅的烟一点儿不见少抽，二是你小姨身上的画儿越来越多。

其实迄今为止，我家人包括我姐姐，都没有看到过我后背完整的文身。我估摸看得最全次数最多的，是我们小区游泳馆的救生员，以及更衣室里经常与我赤裸相见的大妈们。

因为身上这些画儿，我总在更衣时听到身后“哎呀”的爆破音，而且每次都为惊扰了别人而感到不安。为了缩短裸露的时间，我索性在家把泳衣穿好，到了更衣室三两分钟除去外衣，戴上泳帽和泳镜，一溜小跑进入泳池，潜入水中。

这天泳毕上岸，刚冲完澡站在衣柜前准备穿衣，就听身后巨大的一声“啊”，我没回头，继续我的动作。一个胖老太太绕到我的身前，是个熟脸，一个特别享受自说自话的厉害老太太。

“以前光顾跟人说话了，我第一次看见你这后背啊，这是叫刺啊还是叫绣啊？”

“我一般叫文。”我回答。

“你这花里胡哨的文的都是什么啊？”

“什么都有。”

“可不什么都有吗，妈呀这儿还一条蛇呢！”

我没搭腔，自然也没跟她解释说没有蛇。

“你刺这么些疼不疼？”

“疼。”

“你刺这么些花了多少钱？”

我第一次遇到有人问这个问题，想了想，只能回答：“不是一次做的，我也记不清了。”

“我猜便宜不了，起码有几千块钱吧？”

“有。”

“那我就想不明白了，你说这么些钱，干吗不买花衣服穿啊，换着样穿多好！”

“可是穿花衣服不疼啊！”我撂下这句玩笑话朝门口走去。

拉开门的时候，我听到身后老太太拉了长音说：“我看现在这人啊，就是日子好过了，瞎折腾！”

微博上有点儿名分的人，会得到新浪认证，通过认证的人会在名字后面加个橙色的“V”。我是最早一批玩微博的人，但我注定不会被加“V”，因为我没有明确的身份。微博上还有很多的“群”，我曾被邀请加入爱猫的群、爱厨房的群、文身的群、爱咖啡的群……我游离在众群之外，更觉茫然。

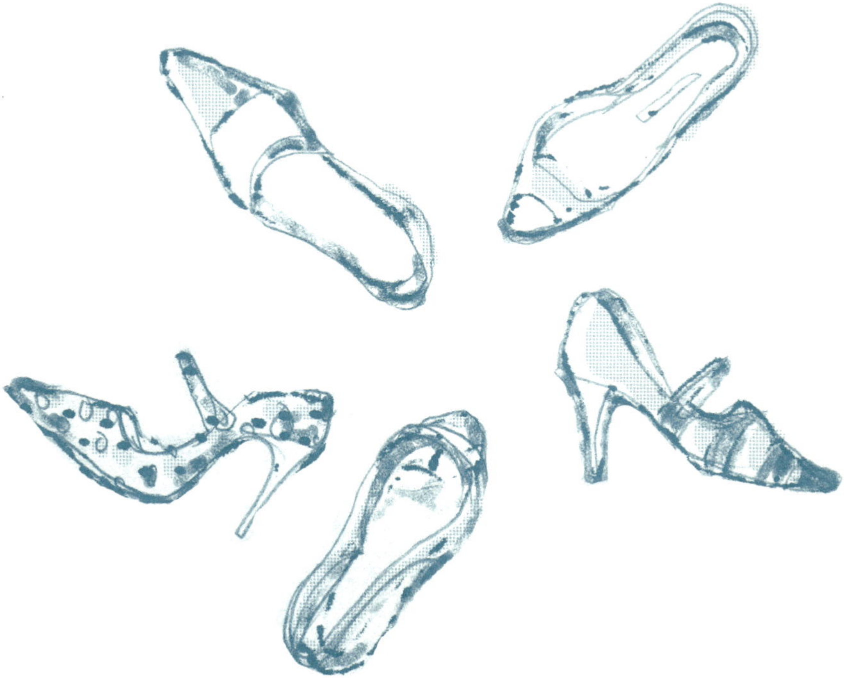

我们是谁

王老师为《信睿》杂志构思封面，封面标题是“我们是谁”。用一句话来解释这个标题的含义，大约是“巨变时代每个人的身份认证”。《信睿》要说的肯定是深刻的哲学意义上的反思，我却联想到两个故事。

一个是我家人常喜欢说起的故事。我的小侄子 JC 刚过完八岁生日的一个周末，全家人围坐在我的餐桌前吃饭，我没话找话地说：JC，你看我们这一桌子人，以后都得靠你一个人养了，你可要担当起这个重任啊！小伙子本来吃得正欢，这会儿就停了嘴，很认真地想了想说：不光我一个啊，咱们家还有 Randy 呢！我说：你 Randy 哥哥在美国，指不上。他说：我很可能以后也会去美国啊，别忘了我是在美国出生的。猫爸在边上接茬说：那有什么难的，我们全跟你去美国呗！小伙子又思考了一会儿，说：可是我将来要结婚的啊！我们笑，我说：那更好了，你和你老婆一起孝敬我们呗！JC 眉头紧蹙，放下筷子，说：可是万一，我碰到一个外表善良内心邪恶的女人怎么办？在更剧烈的笑声中，猫爸重重地放下筷子，说：你怎么就不能像我一样，找个外表邪恶内心善良的老婆呢！JC 明显感到困惑了，看看我，又看看大家，之后也笑。

另一个故事发生在更早些年。王老师姐姐的儿子阿蒙，那会儿大概还不到八岁，放假到舅舅家小住。回去之后，被外婆询问：舅舅公司几个人啊？阿蒙很确定地回答：三个。外婆又问：男的女的啊？阿蒙仔细考虑了一会儿，答：我只知道我舅舅是男的，那两个搞不清楚。外婆不禁大惊。那个时候，王老师和我们公司的雨川，这两个男人都梳小辫子，而我这个女人头发比男人的板寸长不了多少。

我在帮王老师构思时就想，像我这样连好人坏人男人女人都混乱不清的人，怕是更难以想明白“我是谁”了吧。

做了设计公司之后，身份的不明确，一直是我这些年来的困扰。有一次，《时尚》杂志来我家拍摄老家具，编辑顺带做了简单的采访，最后问我：您的职业怎么写？设计师？我说不是。她说：公司老板？我说算不上吧，就这么仨瓜俩枣的。她琢磨了一会儿，说：那就写设计公司合伙人吧。我一时语塞，本想说“茶水”来着，但跟人不熟，怕人家嫌我不严肃。

以前的 iPhone 手机上每隔一段时间就提示我有新词汇更新，我甚至在不断更新与日俱增的新词汇中都找不到一个可以用来界定我的身份，这不由得让我觉得困顿。即便是我自己，说得清楚的似乎也只是一些拼凑不起来的碎片：居家办公，有几个相对固定的客户，养一堆猫，喜欢下厨做饭，还是个文身控。

微博上有点儿名分的人，会得到新浪认证，通过认证的人会在名字后面加个橙色的“V”。我是最早一批玩微博的人，但我注定不会被加“V”，因为我没有明确的身份。微博上还有很多的“群”，我曾被邀请加入爱猫的群、爱厨房的群、文身的群、爱咖啡的群……我游离在众群之外，更觉茫然。

没有明确身份的人，很多时候像一个迷失的人找不到组织，有着怀揣党费没处缴纳的失落感。

在那次被《时尚》编辑又一次质疑之后，我也又一次把身份不明导致的苦恼跟王老师倾诉，并对他明确的“设计师”身份表示羡慕，他很是不解，说：这有什么可纠结的，你就让她直接写上“普通群众”，多牛逼啊！

细想想，还真是的。在这个注重身份认证的年代，做个笃定的“普通群众”，是多么特立独行的一件事啊！

箍牙记

二〇一三年七月，我正式戴上了牙套，开始历时一年的箍牙生活。

这是一个激情决定，突然到连我自己都吓了一跳。半年一次的例行洁牙时，牙医在发现了一些新问题并治疗后说，你的咬合问题不解决，这些病症还会反复出现，你真应该考虑做正畸矫形。我当即就拍了板。护士帮我约矫形医生时说，如果你十年前就听从我们的建议，早就又健康又好看了。

十年前我因为心里过不去高龄箍牙很可笑这个坎，拒绝了医生的建议，十年后我在毅然决然拍板之后，依旧心怀忐忑。为了跟朋友们见面时不费口舌，我先在微信上把消息散了出去，并再三强调是为健康原因而行事。反响尽在预料之中，冷嘲热讽的一堆，安慰鼓励的一个没有，朋友圈里最先跳出来的一句话是“牙都快掉了还箍什么牙啊！”

猫爸到底是亲人，在仔细查看了我的牙箍后，赞赏了我的勇气，说：“戴上嚼子就老实了吧？”王老师似乎比自己被上套还忧虑，问了很多遍“做饭时对味觉有没有影响啊？”

箍牙的当天就有两顿早先约好的饭局，中午带国外回来的朋友去798转悠，别人吃比萨和红烧牛肉饭，我只喝了一碗照得见人影的番茄汤。晚上围着大圆桌，众人吧唧着嘴吃油亮的红烧肉和熏鱼酱鸭，我吃凉拌豆腐和南瓜羹。在一片咀嚼声中，我的牙齿被紧紧地勒着，酸胀，敏感，胃里空得慌，嘴里硌得慌，心里堵得慌，突然就想到我家猫孩儿年糕，一下子理解了小人家闹牙疾时面对众猫咔咔嚼豆的苦楚。

身为一家的厨娘，我的挑战是在自家的饭桌上。往日里我最大的嗜好就是看桌边食客们吃得筷子飞勺子舞，不出二十分钟盆干碗净灰飞烟灭。我最不待见节食者，吃起饭来谦让客气的在我家也不受欢迎，偶尔有上顿饭吃多了这顿不饿的，必定遭受我的白眼，假如有人因为牙疼吃不了东西，非但得不到我的同情，还要被雪上加霜。这么说吧，在吃饭这个问题上，我完全是动物界的审美，能吃者为王，食欲旺盛的注定被我青睐、爱慕、崇拜。

如今我突然陷入自己以往不齿的境地，一向的好胃口因不能咀嚼而受阻，动物的本能被生生地抑制住，心理上也难以不起变化。想到起码一年之内不能放肆地大快朵颐，同时还要为矫形器带来的龅牙形象自惭形秽，不免有些自怨自艾。

好在有我多年练就的职业操守，我家三足鼎立的饭桌没有因为失去我这一足而坍塌。箍牙的第二天，我依旧有荤有素地做了三大盘菜，我半张着合不拢的嘴，带着慈祥的微笑给猫爸和王老师两位爷布菜，他们两人在发现龅牙婆的手艺没有被牙牵累之后，过年一般地高兴，频频举杯庆幸。猫爸嚼着葱烧大排表情夸张地说：真感动，我何德何能啊！王老师一边用肉汤拌着饭，一边说：我发现你牙一箍调味更有感觉了，你晚箍了十年牙，耽误我们多少好吃的啊！

人在脆弱的时候尤其不禁夸，我的奉献精神被这几句话煽乎得越发爆棚，除了每日保证自家晚饭的数量和质量，还豪情万丈地完成各种暑期接客任务，白天吃流食，深夜埋锅造饭，心不慌腿不软，锅铲生风。

男人如此也就罢了，我没想到身边的女人对我箍牙的反响，动静比男人大了许多。来我家聚会吃饭的美丽见我除了喝汤只吃豆腐和茄泥，放下红烧肉拌米饭的碗大呼小叫：哎呀你那么吃我这么吃，可怎么得了啊，不行我也要改吃流食！远在广州的邦子在电话里用震耳欲聋的声音喊：瘦几斤了你？不带这样的，哼，逼急了我也去箍牙，谁怕谁啊！直到我一周之后告诉她们两位，一开始吃流食瘦了两斤后来半流食回来一斤，她们才恢复了对我的友好，美丽说：一斤也够刺激人了，现在减一斤肉太难了！邦子用正常的音量说：这还差不多，我总算能睡个踏实觉了。

箍牙的第一天，矫形医生让我自己举着镜子照看我的铁嘴钢牙，说：万事开头难，现在肯定有各种不适应，往后就越来越轻松了。我点头，口齿不清地说：希望真是如此。

作为一个乐观者，我一向确信，任何不快乐的事情中都有快乐存在。箍牙亦如是。在我的牙齿被禁锢身心受摧残的此时此刻，我发现自己人格的闪亮之处，那就是忘我。无论在家下厨还是在外负责点菜，我常常忘记自己吃软饭的需要，一心沉浸在食客们的各种爱好和满足当中。

人格的不闪亮之处，是我暗自的小心思，也是我乐观和隐忍的原动力：十个月之后，我的牙齿又健康又好看，还能掉几斤因为近年来放肆吃喝而长上的肉，让女友们羡慕嫉妒恨。

想到这些，我咧开龅牙嘴，得意地笑了。

天大的事

早晨睁眼，习惯性地从枕边摸出手机看微博，发现了两条有意思的信息。一条是同星座的大学好友转发的，说本周是天蝎放下过去、迎接崭新未来的好时候，而且将发挥才能完成一件奋斗已久的大事。同学调侃说：等待见证的时刻到来，然后我就相信星座了。

另一条是篇长微博，标题为“王小波为什么会娶李银河”，是王小波的兄弟王小平的一篇文字，说的是二人在浪漫精神中结合，相约远离世俗琐事，日子过得潦草至极，并在一定程度上练就了喝风屙烟的本事。作者在结尾处说：“他们放弃了平庸世界的世俗享受，在精神的餐桌上大快朵颐，这是我辈尘世中的俗物拍马难及的。”转载此文的是我相识的一位才女出版人，她评论说：很多人赞美这种灵魂生活，我却不以为然，如果两个人能更重视吃饭问题，或许王小波不会英年早逝。

我一边醒神，一边使劲动脑子想问题。第一个问题是，我这个天蝎有什么奋斗已久的大事呢？直到起床后刷完牙洗完脸吃了面包喝了咖啡，也没有想出一点端倪，这让我十分沮丧，万一老天真的给我一次成就大事的机会我却因浑然不知而错失，得多亏啊！

“大事”的问题没有解决，另一个问题又冒了出来：好好吃饭的王小波还会是那个王小波吗？这是不是跟问“梵高如果生活富足还会是那个梵高吗”差不多？

两个问题让我这一天思绪十分混乱，以至于后来，把两个问题混成了一个结论：好好吃饭是个大事。

我觉得我这一生之所以没有成就大事，就是让我娘的教育给毁了。身为一个学教育出身的小学校长，我娘没教我树立远大理想，没教我把事业放在第一位，她从小谆谆教诲我的就是，好好吃饭是大事，天大的事，以至于我把所有的自强不息都放进了厨房里和餐桌上。

说起来我跟王小波还是有那么点瓜葛的。十几年前我当编辑时，一位号称精通古今中外相术的同事为我算命，他说：妹啊，此生你了不得，不是说你能成就大事，而是你能当个贤内助，辅佐他人成就大事。我说：你的意思，我这辈子注定围着锅台转了吧？他说：你可不是一般的煮饭婆，让你侍奉的，怎么也得是个卡夫卡吧。我说，卡夫卡就算了，王小波足矣。几年后，听闻王小波死讯时，我一度哭得肝肠寸断，我的痛楚，一半出于对偶像陨落的痛惜，一半出于一个女人的心疼。

我后来跟猫爸提起过这段往事，我当时想表达的是，我命相中是该嫁给大师级人物的，跟了你是下嫁。想不到他听了之后欣喜地说：原来我有大师之命啊！

我把这故事也讲给了每天蹭我饭吃的搭档王老师，他听完之后说：人生的最高境界是，有的人死了，他还活着，好在王小波没让你伺候上，否则就成了有的人活着，他已经死了。别的咱不说，你看我和猫爸，两个原本有为的青年，生生被你弄成了尘世中的俗物。

我细一琢磨，还真是，我的“吃饭是大事”的人生追求的确毁已毁人。刚认识猫爸的时候，他是个只要有事做，一天可以只吃一顿饭甚至一顿饭也不吃的主，现在却是一顿饭没吃好，好几天都做不好事。王老师呢，虽说原本也是贪吃之人，第一次跟我结识合作，就是被我以请吃家乡饭为名拉下水的，但好歹画起画来也废寝忘食的，而现在，他奉为宝典的一句话就是：我每天睁开眼睛就思索人生的三个重要问题：早上吃什么，中午吃什么，晚上吃什么。

为了提升我们的精神境界，我请猫爸和王老师去国家大剧院看年底大戏《罗恩格林》。我们刻意选择在戏后吃饭，猫爸说：咱不能揣着一肚子的乱七八糟欣赏《罗恩格林》，那是对瓦格纳的不尊重。

四个小时的三幕歌剧，中间有两次幕间休息，每次十五分钟。三十分钟里面，我们三个人说的话题只有一个：散场后去哪里吃饭。我必须坦承，对于我，精神餐桌上的大快朵颐永远无法替代平庸世界的世俗享受。夜里十一点半离开剧院奔向餐馆的途中，我头晕心慌腿软，瘫在后座上，满心满脑是各种所能想到的食物，猫爸和王老师在前座上对歌剧的讨论犹如车窗外的风声，在我耳边忽近忽远，亦真亦幻。

车子疾驰过空旷的长安街时，我突然明了，老天没有降任何大任于我，即便是劳筋骨饿体肤也无济于事。此生，在我深深的脑海里，奋斗已久的大事，注定就是吃饭之事。

车子疾驰过空旷的长安街时，我突然明了，老天没有降任何大任于我，即便是劳筋骨饿体肤也无济于事。此生，在我深深的脑海里，奋斗已久的大事，注定就是吃饭之事。

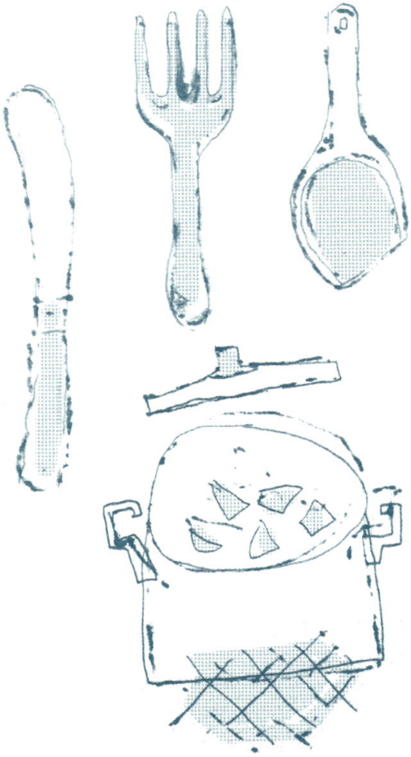

写在后面

本书封面是我的搭档王老师所画，作为一个相识十五年、在我家餐桌上出现频率比猫爸还高的人，他太了解我日常生活的方方面面，因此每一个细节都极为精准。

像我这样一个居家办公者，一个昼夜颠倒时间概念混乱的人，每天起床的最大动力是喂猫，喂家里的一群猫和外边更大的一群流浪猫。除了喂猫，我还喜欢喂人，中午工作简餐，晚上正餐，周末家人朋友聚餐，基本上我一睁眼就套上围裙，除了围着锅台转，还兼职各种杂役。可以说，我居家的时间多数没在办公，而是耗费在各种不上台面的琐事，尤其是与猫主子们的斗智斗勇上了。

由此注定了本书杂七杂八的文字只有小确幸而无大意义。我敢于把它们拿出来献丑，是因为相信有很多与我一样在“猫大事”和“有大事”中忙忙碌碌浪费生命的人。我同样相信，我们的共同点是捡拾每一处细小的快乐，将它们悉数储存起来，在沮丧时、落寞时、委屈时、恐惧时，作为治愈良药。

最后，我想在此表达我的感恩之心：

感谢有幸相遇并陪伴我的每一只猫，你们是神的使者，让我沾了“神”气。

感谢我的搭档王老师和另一位同事雨川，让我能称自己为“职业妇女”。

感谢中国青年出版总社副总编辑韩亚君老师、老同学和曾经的同事晓丽，以及年轻的编辑朱艺小朋友，你们的赏识与信任，让我有了这本可爱的小书。

感谢我身边的一众密友，以及太多没见过面的“猫友”，让我从不缺乏温暖。

感谢猫爸，纵容我的任性，让我成为想做的自己。

感谢我懂得爱的家人，尤其是在天堂的老爸，你们的爱与欣赏，让我享受自己普通的生命。

（京）新登字 083 号

图书在版编目（CIP）数据

猫大事 冇大事 / 程潇著；王焱绘 . —北京：中国青年出版社，2015.2
ISBN 978-7-5153-3083-9

Ⅰ . ①猫… Ⅱ . ①程… ②王… Ⅲ . ①随笔 – 作品集 – 中国 – 当代
Ⅳ . ① I267.1

中国版本图书馆 CIP 数据核字 (2014) 第 306400 号

出版发行：中国青年出版社
社　　址：北京东四十二条 21 号
邮政编码：100708
网　　址：www.cyp.com.cn
责任编辑：李晓丽　朱艺
封面插画：王焱
装帧设计：北京午夜阳光平面设计有限公司
编辑电话：(010) 57350519　57350510
门市部电话：(010) 57350370
印　　刷：北京科信印刷有限公司
经　　销：新华书店

开　　本：700 × 1000　1/16
印　　张：13.75
字　　数：250 千字
版　　次：2015 年 3 月北京第 1 版第 1 次印刷
定　　价：42.00 元

本图书如有印装质量问题，请与出版部联系调换　联系电话：(010) 57350337